任性出版

精英必備的素養：全唐詩

中唐到晚唐精選

尋尋覓覓的人生啟發、
不能直話直說的心事，
他們用千古名句表述己志。

文章點擊量超過75萬次、
作品銷售超過12萬冊

鞠菟◎著

目錄

第二部 盛唐——筆落驚風雨，詩成泣鬼神

第三部　中唐——以詩明志，完節自高

中唐到晚唐精選

第四部 晚唐，詩的最高峰——夕陽無限好

作者序

在喧囂的時代，追求詩詞之美

拙作《精英必備的素養：全唐詩》自出版以來，受到多方關注，其間相繼有港臺朋友來詢是否有繁體中文版。感謝大是文化，滿足了此方面的需求。

在創作本書時，筆者原以為身處這個緊張、喧囂、浮躁的時代，詩詞和歷史的題材已屬小眾，不會受到太多注目。意外的是，一經發行就有無數讀者表達，他們對本書的喜愛之情，其受眾範圍從在校師生到專業人士，從普通大眾到科研人群。這使筆者發現，對古典詩詞之美的欣賞，雖曾一度呈式微之勢，但仍有許多人，從未放棄對這種美的追求、探尋，以及對中國悠久歷史文化的熱愛。更令筆者欣慰的是，透過讀者的回饋可以發現，在走向現代文明的價值觀方面，吾道不孤。在筆者看來，這點甚至比弘揚中國傳統文化的精華意義更為重大。

基於一段眾所周知的歷史，中國在傳統文化的傳承上，出現了令人扼腕的斷裂期，而臺灣、香港地區的文化發展過程則相對比較良性自然。據此，筆者相信本書的繁體中文版能夠在良好的文化氛圍中找到它的欣賞者。最後，衷心感謝親愛的讀者們給予的支持！

錄吾友雪落吳天為本書所題七律，為開卷之引：

摘句尋章未肯休，飄香文字幾曾留。
襟懷歷歷興亡業，吟詠瀟瀟唐宋秋。
青史風濤筆底合，紅塵花月卷中收。
開篇欲解騷人意，萬古江河水自流。

前言
給一位唐朝名人，可以串起全唐的詩人

阿基米德說過，只要給他一個支點，就可以撐起地球。同理，只要給出一個唐朝的名人，也可以用他來串起全唐的詩人，因為他們之間有很多不為人知的聯繫，以及很多趣味盎然的典故。

從初唐的李世民、駱賓王、宋之問、王勃、楊炯、盧照鄰、陳子昂、張若虛、賀知章、張說，到盛唐的李白、杜甫、王維、張九齡、孟浩然、王昌齡、王之渙，接著是中唐的白居易、元稹、劉禹錫、柳宗元、韓愈、孟郊、賈島、李賀，最後到晚唐的杜牧、李商隱、張祜、溫庭筠、韋莊……在這些詩人及其詩歌背後，串聯著浩瀚如煙海、璀璨如星空的精彩故事，上起春秋戰國，下至明清近代，有的故事令你感動得熱淚盈眶，有的故事則令你激動得熱血沸騰。

本書將透過你耳熟能詳，或似曾相識的唐詩，幫助你了解其相關的名人和典故，內容的七〇%源於可靠的正史，二〇%源於詩話、小說等令人喜聞樂見的野史，其餘一〇%則是作者穿針引線的聯想和演義。

本書並非嚴謹、枯燥的史書，而是讓讀者有輕鬆愉悅的閱讀感受，無疑是老少咸宜的睡前好讀物。建議所有家長培養孩子從小讀唐詩、讀歷史的愛好，使之成長為一位腹有詩書氣自華的人。

簡介完畢，就讓我們一起開始這場美輪美奐的唐詩之旅吧。

第三部

中唐

以詩明志，完節自高

第十九章

得意或失意，你一定會說幾句劉禹錫

閒官自有閒官的好處，可以花大把的時間呼朋喚友，從事閒情逸致的詩文創作。有一次，白居易邀請元稹、韋楚客等幾位好友一起飲酒尋歡，席間又玩起文人雅士們的老遊戲，以「金陵懷古」為主題，讓每人即席賦一首七絕，若有人被推為第一，則可罰其餘人一大杯酒。

當下眾人有的抬首望天，有的低頭咬筆。正當各人還在做沉思狀時，席中有一人已經大筆一揮完稿交卷。白居易一看便道：「我等都不必再寫了，可盡飲滿杯。第一名已然在此。」眾人詫異不已，只聽得白居易朗聲唸道：

山圍故國周遭在，潮打空城寂寞回。
淮水東邊舊時月，夜深還過女牆來。

待得唸畢，眾人無不點頭服氣。不料白居易臉一沉，對那人狠狠道：「你不要以為自己姓劉，我們就把你當漢室後裔了。搞不好你是匈奴劉淵的後裔，寫詩竟比我們漢人還好！更可氣者，你這個**寫金陵懷古奪魁**之人，**竟然是在座之人中唯一沒有去過金陵的**。劉夢得，你讓我們今後在江湖上如何有臉見人吶？」

烏衣巷

劉禹錫，字夢得，恰巧和白居易同一年出生，是白居易後半生的至交好友。白居易開玩笑說劉禹錫是匈奴劉淵的後裔，但夢得卻一直堅稱自己是中山靖王劉勝之後，正宗的大漢皇室。這個說法和劉備劉皇叔一模一樣。劉勝是個花花公子，兒孫就有一百二十多個，後裔肯定是人數龐大且難以考證，想要混入這支隊伍難度是很低的。

在寫出上面這首流傳後世的《石頭城》之前，他居然未曾去過金陵（今天的南京）。有些人唯讀萬卷書，就能勝過旁人行萬里路，這種人的名字叫天才。等天才也行了萬里路之後，凡人就只能望著他的背影咬牙切齒了。

大家可能以為劉禹錫在這首靠想像寫出的詩中，已經透支了關於金陵的所有才華，但後來當有機會親身遊歷金陵時，他寫下了更加馳名的千古絕唱《烏衣巷》：

朱雀橋邊野草花，烏衣巷口夕陽斜。
舊時王謝堂前燕，飛入尋常百姓家。

詩中的「王」包括了「王與馬共天下」的王導、王敦、王羲之、王徽之、王獻之等；「謝」包括了謝安、謝玄、謝道韞、謝靈運、謝朓等。此詩用以小見大的手法，描寫豪門貴族的盛衰，意境有點接近《紅樓夢》裡那句「落了片白茫茫大地真乾淨」，但「尋常百姓家」比「白茫茫大地」，還多了一絲暖意在其中。作者對於富貴如浮雲的認識之深刻、刻畫之簡練，蘊藏在極富美感的景物描畫中，令人嘆為觀止。兒童詩歌讀本裡通常都會收錄這首詩，可見深邃的思想，完全可以用淺顯優美的文字來表達。此詩藝術水準可評五顆星，也配得起膾炙人口四個字。

劉禹錫還有一首著名的懷古詩，因為其中有石頭二字，很多人誤以為也是在石頭城南京所寫。其實是他路過湖北黃石的軍事要地西塞山時，看見長江中，當年吳王孫皓為防備西晉大將王濬（按：音同俊）從四川順江進攻，而放置的橫江鐵索遺跡，撫今追昔感嘆不已，於是寫下了這篇《西塞山懷古》：

王濬樓船下益州，金陵王氣黯然收。
千尋鐵鎖沉江底，一片降幡出石頭。
人世幾回傷往事，山形依舊枕寒流。
今逢四海為家日，故壘蕭蕭蘆荻秋。

孫皓為了阻擋王濬的戰船，由四川進攻東吳都城建康，在湖北段江底暗置百鐵錐，在江面橫鎖千尋鐵鍊，自以為這是萬全之策。不料王濬造了巨大的木筏帶走鐵錐，以火炬燒斷鐵鍊，率軍順流而下直取金陵。正如劉禹錫在另一首《金陵懷古》，寫到的「興廢由人事，山川空地形」，孫皓只得按照慣例，光著膀子自縛出降，做了亡國之君。

孟子早就說過：「固國不以山溪之險，威天下不以兵革之利。得道者多助，失道者寡助。」劉禹錫在此哀前朝之亡，也希望唐朝執政者能夠以此為鑑。

既然說到西塞山就順便提一下，有關此地最有名的唐人作品，可能還不是劉禹錫的《西塞山懷古》，而是張志和的詞《漁歌子》：

西塞山前白鷺飛，桃花流水鱖魚肥。
青箬笠，綠蓑衣，斜風細雨不須歸。

張志和是顏真卿的好朋友。詞中的鱖魚，今天在很多餐廳的菜單上，已經錯寫成了「松鼠桂魚」之類，令人失望、生氣，而食慾大減。凡遇上如此沒文化的餐廳，筆者一概不點這道菜以示不屑。此詞色調優美雅致，格調清新自然，悠然自得的境界令人神往，成為許多人的摯愛。**問世幾年後就傳入日本，到了現代還和《楓橋夜泊》一起被收入他們的教科書**。蘇軾非常喜歡此詞，但是當時《漁歌子》的曲調已經失傳，沒法唱出來，他只好自己動手豐衣足食，再添加了幾句填成一首《浣溪沙》，就能放聲高歌了：

西塞山前白鷺飛，散花洲外片帆微，桃花流水鱖魚肥。
自蔽一身青箬笠，相隨到處綠蓑衣，斜風細雨不須歸。

劉白之交

劉禹錫的才名滿天下，白居易在揚州第一次見到他之前，就已經對他慕名已久。白居易對劉禹錫的仕途坎坷，感到惋惜不平，遂用筷子敲盤打著節拍，為他唱了一首即席創作的《醉贈劉二十八使君》：

為我引杯添酒飲，與君把箸擊盤歌。
詩稱國手徒為爾，命壓人頭不奈何。
舉眼風光長寂寞，滿朝官職獨蹉跎。
亦知合被才名折，二十三年折太多！

聽白居易的歌唱，劉禹錫當即起身應和，接著這個「二十三年」，吟出他的另一首名篇《酬樂天揚州初逢席上見贈》：

巴山楚水淒涼地，二十三年棄置身。
懷舊空吟聞笛賦，到鄉翻似爛柯人。
沉舟側畔千帆過，病樹前頭萬木春。
今日聽君歌一曲，暫憑杯酒長精神。

到今天，**懷才不遇的人最喜歡引用的**就是「沉舟側畔」這一聯。根據白居易這首詩名，我們可以看出劉禹錫在家裡的同輩男生中，排行第二十八。雖然唐朝沒有實行計畫生育政策，而是鼓勵母親生育，但他母親如果要生二十八個男孩，也是不可能完成的任務，所以以整個叔伯大家族中來算，他排行第二十八。白居易不但和劉二十八很熟，而且和他的堂哥劉十九也是酒友。這位堂哥大名叫作劉禹銅，他家族的名字，也許是照元素週期表排的。白居易寫過一首《問劉十九》：

綠蟻新醅酒，紅泥小火爐。
晚來天欲雪，能飲一杯無？

這是在問劉禹銅，要不要來和他喝上一杯小酒。天氣雖然寒冷，友情卻像爐上壺中的熱酒一樣溫暖人心。這首也是筆者呼朋喚友去消遣吃喝時的大愛。

白居易曾在重慶做官，後來調任蘇州刺史，經過三峽沿江而下去赴任。當時秭歸縣有位詩人繁知一，一向仰慕白居易的詩名，聽說他要經過文人雅士們最愛作詩的巫山神女祠，便事先在粉牆上用大字寫道：

蘇州刺史今才子，行到巫山必有詩。
為報高唐神女道，速排雲雨候清詞。

詩下面還留了姓名和聯繫地址。常言道：千穿萬穿，馬屁不穿。白居易看到繁知一的題詩以後，心情大好，便派人邀請他前來一聚，很謙虛的說：「好友劉夢得告訴在下，他曾擔任夔州刺史，治理白帝城三年，一直想在神女祠題一首詩，最終卻沒有敢寫。他離任之時，來到這裡認真讀了牆上一千多首寫巫山的詩，認為只有四首最好。」繁知一配合的問：「敢問劉大人以為哪四首最好？」白居易便一一道來。

第一首名為《巫山高》，來自與宋之問並稱「沈宋」的初唐沈佺期：

巫山高不極，合遝狀奇新。
暗谷疑風雨，幽崖若鬼神。
月明三峽曙，潮滿九江春。

為問陽臺客，應知入夢人。

第二首《巫山》，是宋之問、陳子昂的好友初唐王無競之作：

神女向高唐，巫山下夕陽。
裴回作行雨，婉孌逐荊王。
電影江前落，雷聲峽外長。
霽雲無處所，臺館曉蒼蒼。

第三首題目也是《巫山高》，作者是「大曆十才子」之一的李端：

巫山十二重，皆在碧空中。
回合雲藏日，霏微雨帶風。
猿聲寒渡水，樹色暮連空。
愁向高唐去，千秋見楚宮。

第四首是《巫山峽》，乃張九齡的忘年交皇甫冉所作。明代胡應麟以之為四首中最佳、唐人三峽詩的魁首：

巫峽見巴東，迢迢出半空。
雲藏神女館，雨到楚王宮。
朝暮泉聲落，寒暄樹色同。
清猿不可聽，偏在九秋中。

白居易吟完這四首詩，接著道：「夢得認為另外那一千多首，根本不配與此四首同列，就命人都給鏟掉了，才空出這麼大一片牆壁給後人。但那四首詩確實都是古今絕唱，一般人是不敢輕易再寫了。**今日在下也不寫，免得日後被他人鏟掉**。」言畢哈哈大笑，邀繁知一同船而遊，最終沒有在此留下詩篇。

詩中之豪

劉禹錫為人所熟知的詩作很多，但關於他的最初記憶，很可能不是詩歌，而是課本中的那篇短文《陋室銘》。李白在他的《俠客行》中，對「白首太玄經（按：指揚雄的著作《太玄》，闡述哲學體系和宇宙論）」的揚雄很不屑，劉禹錫在這篇短文中卻非常推崇他。全文如下：

山不在高，有仙則名。水不在深，有龍則靈。
斯是陋室，惟吾德馨。苔痕上階綠，草色入簾青。
談笑有鴻儒，往來無白丁。可以調素琴，閱金經。
無絲竹之亂耳，無案牘之勞形。
南陽諸葛廬，西蜀子雲亭。
孔子云：「何陋之有？」

而喜歡《還珠格格》的人們，現在腦海中應該也還常常縈繞著「你是風兒我是沙，纏纏綿綿到天涯」的旋律。其實這句歌詞的原創版權屬於劉禹錫的《浪淘沙．其一》：

九曲黃河萬里沙，浪淘風簸自天涯。
如今直上銀河去，同到牽牛織女家。

李白的《贈汪倫》中，有一句「忽聞岸上踏歌聲」。踏歌，是一種唐代盛行的載歌載舞的民間娛樂形式，在劉禹錫的《竹枝詞》中，也描寫這種勞動人民喜聞樂見的場景：

楊柳青青江水平，聞郎江上踏歌聲。
東邊日出西邊雨，道是無晴卻有晴。

最後一句的真意乃是「道是無情卻有情」，該句以其渾然天成的諧音諧趣，成為唐詩中一枝清麗的花朵。這種充滿了文字趣味和美感的詩句，極能表現詩人天才的想像力和超凡的文字使用能力，也是我的最愛。

就像李白被稱為詩仙、杜甫被稱為詩聖、王維被稱為詩佛一樣，劉禹錫也因為自己鮮明的詩歌風格，而**在江湖上榮膺「詩豪」的名號**。自古詩人都喜歡在春天高歌猛進，比如孟郊的「春風得意馬蹄疾」，而在秋天玩深沉。同樣是秋日的曠野，同樣是不得志的人生，杜工部（按：即杜甫，因曾任檢校工部員外郎，因此後世稱其杜工部）吟出了「萬里悲秋常作客」，但正被貶為朗州司馬的劉禹錫，卻**沒有犯詩人悲秋的職業病**，而是寫下了這首昂揚向上的《秋詞》：

自古逢秋悲寂寥，我言秋日勝春朝。
晴空一鶴排雲上，便引詩情到碧霄。

從這首詩裡，恐怕看不出他被貶官，不知情的人還以為他剛升官。劉禹錫的浪漫主義精神，讓人不得不佩服他總能這麼嗨。詩豪這個稱號若不給他，也實在不好意思給其他人。

司空見慣

「大曆十才子」之一的李端靠《聽箏》，從昇平公主那裡要來了美女鏡兒，劉禹錫也完成過一次類似的壯舉。他在蘇州做刺史時，退休司空李紳因為欣賞他的才名，而在家設宴款待，席間讓一名美貌歌姬，演唱了一曲《杜韋娘》。劉禹錫當即吟成一首《贈李司空妓》：

高髻雲鬟宮樣妝，春風一曲杜韋娘。
司空見慣渾閒事，斷盡蘇州刺史腸。

「司空見慣」的典故，便出自這裡。劉禹錫說這種宴席的排場，對於生活豪奢的李司空來說已經見慣了，卻讓他自己斷腸。至於為什麼斷腸，短短的詩句中沒有解釋。有人說劉禹錫是在諷刺，李紳不理會普通百姓的艱難生活；但又有人說李紳聽了此詩，就把這名歌姬送給了劉禹錫。不知道為什麼有錢人總喜歡這麼任性的送人歌女，而劉禹錫居然笑納，只能說劉禹錫就是這樣一個喜歡自己找樂子的人，**我行我素，全身充滿正能量**。

李紳李司空，字公垂，也是一位著名詩人，和劉禹錫、白居易同一年出生，只是官運比較亨通。唐朝的司空位列三公，是正一品官銜，可謂位極人臣。他最有名的作品是《憫農》：

鋤禾日當午，汗滴禾下土。
誰知盤中餐，粒粒皆辛苦。

這首詩大概是扣除駱賓王的「鵝鵝鵝」，或者李白的「床前明月光」後，很多人學到的第一首古詩。藝術性和思想性成功的結合在一首淺白的詩中，很適合當幼兒入門詩歌。對於父母而言，每天都要教育孩子不要浪費糧食，而教會孩子這首時，則可以讓他自我教育潛移默化。**李紳的《憫農》共有兩首**，另一首也是極好的：

春種一粒粟，秋收萬顆子。
四海無閒田，農夫猶餓死。

人們能從詩中能感受到悲天憫人、憂國憂民的憤青情緒（按：憤青即「憤怒青年」的縮寫，最初指中國的激進中國民族主義者。後泛指任何持激進主張或言行激憤的年輕人）。憤青在筆者心裡是褒義詞；反之，不關心現實的青年，一般思想膚淺、言語乏味、面目模糊，不足與談。並非指人應該清高到不談物質，但如果人只會談物質，那將是多麼的寡淡。

李紳寫此詩時還頗為年輕，沒想到他有個朋友拿此詩上交了帝國的最高首腦——唐武宗李炎，說李紳這是寫反詩發洩私憤。交朋友必須要謹慎，否則可能沒命的。「四海無閒田，農夫猶餓死」，描繪了一幅惡毒攻擊國家大好形勢的圖景，對於個個都自命堯舜禹湯的皇帝來說，定李紳一個大逆不道、危害國家安全的罪名是順理成章的。自古以來，因心憂天下而開罪主管的事情何其多。唐武宗召李紳上殿，拿出詩來問他所寫何意。對於這點，筆者認為很好：不論有多大異見，甚至是犯了多大錯誤的人，都要給人家發表意見的機會。

李紳坦然答道：「這是微臣回到家鄉後，親眼看到民生疾苦而寫，望陛下體察！」唐武宗點頭道：「久居高堂忘卻民情，此乃朕之過也。幸虧卿提醒！」隨即升了他的官。那位告密的朋友反而被貶官，正是偷雞不成蝕把米。這個故事也告訴我們：不要背後說別人的壞話，為君子所不齒，枉做小人。

唐武宗作為專制制度的最高代表，能有此風度容得下李紳和他的詩，傳為千載佳話。其實在元朝以前，帝王對臣子，尤其是知識分子、士大夫，還是比較禮遇的。不像明清兩代的皇帝，基本把臣子當奴才，容不得批逆鱗，而且明朝還大範圍的使用「廷杖」，在朝堂上用這種棍子打大臣屁股，借此侮辱人格以作為懲罰。不尊重別人的統治者，也得不到真正有獨立思想和人格的民眾的衷心尊重。

近現代社會有些領袖對持不同意見者的胸懷，仍然類於明清帝王，連平庸的唐武宗都不如，卻對唐宗宋祖不以為然，只能說人實難有自知之明。

大家原以為李紳被皇帝讚賞升官以後，會更加愛民如子、為民請命。但令人意外的是，他後來卻熱衷豪奢、官場黨爭、草菅人命。有個真實性不高，但流傳甚廣的故事：李紳身居高位之後，每餐要花費數百貫甚至上千貫。他極愛雞舌，每餐一盤，**院後無舌之雞堆積如山**。等發展到晚年，劉禹錫見到他家吃飯時的排場，都忍不住作斷腸詩了。

有些狗血劇經常編浪子幡然回頭，或好人徹底墮落的劇情，都不及李紳的生平富有戲劇性，真是人生如戲、戲如人生。有些壞角色可能以前也像李紳一樣，是有理想有抱負的年輕人，因為進入了一個不被監督的權力階層，只需要對上級負責，而不需要對他所服務的民眾負責，自然就會慢慢腐化成像李紳一樣，或比之更甚的人。

在這個階層內，很多人都不憚於成為李紳或這類的人，就看能不能找到機會而已。擁有這種權力，依然能保持節操的人也不是沒有，只希望他們不要良幣被劣幣驅逐，然後空嘆懷才不遇了。

桃花詩案

劉禹錫因參與永貞革新，被貶為朗州司馬，十年後才回到長安。當年春天他就急吼吼的跑去京郊的玄都，觀賞繁盛的桃花，然後寫下《玄都觀桃花》指桑罵槐：

紫陌紅塵拂面來，無人不道看花回。
玄都觀裡桃千樹，盡是劉郎去後栽。

此詩明顯是在**嘲笑當時朝中的得勢者**，不過都是些因逢迎而得勢的新貴，輕蔑之情躍然紙上，蓄謀已久一吐為快。任何時代的暴發戶，都不願意別人說自己的發達是近幾年的事。結果劉禹錫因「語涉譏刺」，再度被遠謫到比朗州更遠的播州，這就是當初轟動一時的桃花詩案，又叫作「玄都觀一賦桃花詩」。

十二年後，劉禹錫再次被召回長安。世事滄桑，當年打擊他的權臣及其黨羽都早已衰落。劉才子故地重遊，心情愉悅的寫下了《再遊玄都觀》：

百畝庭中半是苔，桃花淨盡菜花開。
種桃道士歸何處？前度劉郎今又來。

在中國電影《閃閃的紅星》裡，有一句大家耳熟能詳的臺詞：「各位父老鄉親們，呵呵，沒想到吧？我胡漢三又回來了！」劉禹錫就用這個句型，痛快淋漓的抒發了「你們熬得過老子嗎」的勝利喜悅之情，展現在權貴面前，誓不低頭的革命樂觀主義精神。而這一次，便叫作「玄都觀二賦桃花詩」。兩首詩連在一起，勾勒出了這個頗具喜感的完整故事。咱們把他兩次被貶這麼一相加，差不多正好「二十三年棄置身」。

因為玄都觀桃花詩案，**劉禹錫被貶官為播州（今貴州遵義）刺史**。此地在唐朝時，是鳥不生蛋的蠻荒之地。從京城長安坐馬車到播州，需要花費幾個月的時間，而劉禹錫不得不帶著年邁的老母赴任。在唐朝的交通條件下，老人家在長途旅行中，因車馬勞頓而辭世的可能性很高。所以，在古代如果被貶官到這種邊遠地區，其實就和罪犯被流放沒有太大區別，很多年邁體弱的官員便死在貶官赴任的途中。

劉禹錫的好友柳宗元，也在這時被貶官為柳州刺史，雖然也很遠，但那時候到廣西的交通比到貴州的，還是要好很多。當柳宗元得知劉禹錫被遠謫播州時不禁大哭：「播州可不是人能住的地方啊！劉夢得有老母在堂，我實在不忍心看他如此窘迫，還要攜老人家一起去那蠻荒之地。」於是立即上書朝廷，**甘願「以柳易播」**，即用自己的柳州刺史和劉禹錫的播州刺史對換，即使再被朝廷怪罪也雖死不恨。考慮到交通的艱難和到任後邊遠地區生活的困苦，柳宗元此舉可謂義薄雲天。

第二十章

校長韓愈提攜人，自己仕途卻不順

朝廷還沒有同意柳宗元的請求，名相裴度也上書為劉禹錫說情：「播州乃不毛之地，是給猿猴住的地方，而不是給人住的地方。劉夢得的老母已經八十高齡了，如果因為兒子貶官到播州而死在途中，恐怕對於陛下以孝治天下的名聲有損。還是將他稍微內遷一點吧。」唐憲宗哼了一聲：「劉禹錫既然有高堂老母需要奉養，他行事就應該更謹慎些，免得連累老母！」裴度懇切進言：「陛下正在服侍皇太后，天子亦為人之子。推己及人，應該對劉夢得多憐憫一些。」唐憲宗沉默半晌之後，緩緩道：「剛才朕所說的話，是責備做兒子的。其實朕也不願意傷到他母親的心。」裴度告退之後，唐憲宗對身邊的人說道：「裴度剛才的勸諫，是不願意朕失德，愛朕的心很真切啊。」第二天朝廷便將劉禹錫改任連州（今廣東清遠）刺史。到廣東的路途，比到貴州的要方便得多。

裴度還帶

裴度，字中立，也是一位有故事的人。他兒時父母雙亡、家境貧寒，寄居在山神廟中。有位韓太守因廉潔為官被誣陷入獄，韓夫人與女兒瓊英在外辛苦籌資以圖解救，幸得有貴人以玉帶相贈為助。瓊英因為太過激動，經過山神廟時，居然不小心將玉帶遺落。絕望的韓家母女正要自盡時，碰巧拾到了玉帶的裴度及時趕到將之歸還，由此保住了韓太守一家三口的性命。

就在裴度出門送還玉帶之時，年久失修的山神廟正好轟然倒塌。得以躲過此劫的裴度當然必有後福，隨後赴京趕考，高中進士，並與韓瓊英結為夫婦，直到官至宰相之位。由此看來，裴度助人為樂的品德是一貫的。

裴度當上宰相以後，有一天正在宴請賓客時，隨從忽然慌張跑來報告：弄丟裴大人的官印，在平常保管的地方遍尋不見。古人丟了官印可是失職大罪，很可能因此砸了飯碗。一般人遇到這種情況，都會顯得很緊張，裴度卻神色怡然，吩咐隨從不必聲張。酒宴繼續進行了一陣之後，隨從又偷偷跑來，說是官印已經自己回來了，裴度只是微微點頭。

等到宴飲結束、賓主盡歡而散之後，隨從們都好奇的圍上來，問大人當時為什麼如此鎮定。裴度微笑道：「這不過是某個辦事的人，偷印去私蓋書券而已，如果不急著尋找追查的話，他自然會再放回原處。如果追得太急，他就會因為畏懼而將官印銷毀，那就再也找不著了。」這可不像《世說新語》裡某些故事中的名士那種矯情，而是**聰明透頂，智商和情商都達到第一流的境界，所以裴度才能為劉禹錫說情成功**。

願意「以柳易播」幫助劉禹錫渡過難關的柳宗元，字子厚，比劉禹錫只小一歲。他是二十一歲就高中進士的神童才子，更是一位重情重義的君子，還是一位為官一任造福一方的地方好官。當年永貞革新失敗後，劉禹錫被貶為朗州司馬寫下《秋詞》時，柳宗元同時也被貶為永州司馬。那次被貶，他為我們留下《永州八記》，其中包括入選中國語文課本的《小石潭記》：「潭中魚可百許頭，皆若空游無所依。日光下澈，影布石上，佁然不動，俶爾遠逝，往來翕忽。似與遊者相樂。」以及另一篇入選語文課本的《捕蛇者說》，其中「苛政猛於虎」的警誡，千年之後依舊振聾發聵。這次柳宗元又是和劉禹錫同時被貶，兩人真是一輩子的難兄難弟。

一別永訣

柳宗元最有名的作品，是小學語文課本中的那首《江雪》：

千山鳥飛絕，萬徑人蹤滅。
孤舟蓑笠翁，獨釣寒江雪。

筆者以前讀這首詩，只覺得畫面空冷蒼涼、寒氣徹骨，了解柳宗元援手劉禹錫的這段歷史以後，便把那位在寒江獨釣的蓑笠翁，想像成柳宗元本人，仗義執言、急人所難、品行高潔如雪，身上彷彿一股熱氣透衣而出，令人肅然起敬。

有趣的是，有人按照《江雪》作了一幅漁翁孤舟獨釣的畫，拿來讓大家猜詩，多數人自然都猜是《江雪》，筆者卻故意猜成另一首自己也很喜歡的數字詩：

▲《江雪》全詩看似空冷蒼涼、寒氣徹骨，但只要了解柳宗元援手劉禹錫之事後，把蓑立翁看成柳宗元本人，就會覺得他品行高潔如雪，令人肅然起敬。

一蓑一笠一扁舟，一丈絲綸一寸鉤。
一曲高歌一樽酒，一人獨釣一江秋。

這首詩是清初詩人王士禎的《題秋江獨釣圖》。嚴格來說，判斷是否為正確答案，就看畫裡有沒有雪景了。

從長安出發到廣東連州或廣西柳州，有一大段路途是可以同行的。劉禹錫與柳宗元自然是結伴南下，一路上詩酒唱和其樂融融。如果能和知交好友這樣一直旅行下去，也是人生一大樂事。可是千里搭長棚，沒有不散的筵席，到了衡陽，兩人終於不得不分道而行，各奔東西。柳宗元為劉禹錫寫下了送別詩《重別夢得》：

二十年來萬事同，今朝岐路忽西東。
皇恩若許歸田去，晚歲當為鄰舍翁。

詩中深藏彼此對二十年知交深厚友情的珍惜和感慨，也**對退休後能夠比鄰而居、共度晚年充滿憧憬**。但是沒想到，這一別竟成了永訣。柳宗元做柳州刺史時，在當地施行許多德政，比如規定釋放奴婢的辦法。因為邊遠地區生活條件艱苦，他變得體弱多病。當唐憲宗李純在裴度的規勸下，打算召柳宗元回京城任用時，柳宗元已經逝世在柳州任上，百姓們還為他立廟祭祀以紀念。

此時劉禹錫因為年近九十的老母逝世，而護送靈柩路過衡陽，接到柳宗元去世的噩耗，頓時淚如雨下，立即停下來為他料理後事。柳宗元身後，他的四個孩子都還未成年，劉禹錫收養其中一個，並著手整理柳宗元的遺作，全力籌資刊印，這才使得我們今天能夠讀到《江雪》、《漁翁》、《捕蛇者說》等經典詩文。當我們知道故事的結局後，再回過頭來讀柳宗元那首《重別夢得》，只要不是鐵石心腸的人都難免為之鼻酸。

百代文宗

劉禹錫一邊為柳宗元處理後事，一邊揮淚寫信給韓愈，請他為柳宗元寫一篇墓誌銘。劉禹錫為什麼不自己寫呢？雖然他寫詩遠勝韓愈，但如果論到寫文章，韓愈和柳宗元可是唐宋八大家中唐朝僅有的兩位。柳宗元逝世，能為他寫墓誌銘的，也只有百代文宗韓愈了。

韓愈比柳宗元大五歲，也是他的知交好友，義不容辭灑淚揮毫，寫就了那篇名垂千古的《柳子厚墓誌銘》，內有一段如下：

> 其召至京師而復為刺史也，中山劉夢得禹錫亦在遣中，當詣播州。子厚泣曰：「播州非人所居，而夢得親在堂，吾不忍夢得之窮，無辭以白其大人；且萬無母子俱往理。」請

於朝，將拜疏，願以柳易播，雖重得罪，死不恨。遇有以夢得事白上者，夢得於是改刺連州。嗚呼！士窮乃見節義。今夫平居裡巷相慕悅，酒食遊戲相徵逐，詡詡強笑語以相取下，握手出肺肝相示，指天日涕泣，誓生死不相背負，真若可信；一旦臨小利害，僅如毛髮比，反眼若不相識。落陷穽，不一引手救，反擠之，又下石焉者，皆是也。此宜禽獸夷狄所不忍為，而其人自視以為得計。聞子厚之風，亦可以少愧矣。

成語「落井下石」即由此而來。另外，我們可以看到，自古以來懷才不遇的真士（按：有操守、才能的人）比比皆是，辨別他們的標誌，並非廟堂之高的峨冠博帶，反而是在困境中皎如日月的各種節義之舉。韓愈是文章高手，寫墓誌銘的收入也很豐厚，在他去世後劉禹錫為其寫的悼文中說：「公鼎侯碑，志隧表阡，**一字之價，輦金如山。**」

韓愈寫過一篇歌頌裴度平定淮西的《平淮西碑》，唐憲宗將這文章的一塊石刻，賞賜給碑文中提到的有功之臣之一韓弘，韓弘大喜過望，饋贈了韓愈五百匹絹。韓愈自己還提到曾經寫過《王用碑》，王用的兒子送上的潤筆費，是一匹帶鞍的寶馬和一條白玉帶。但為柳宗元寫這篇墓誌銘，韓愈一文未取。

「文起八代之衰」的韓愈，字退之，世稱昌黎先生。這裡插一段關於古人名、字之間的趣話，保證你這輩子再也忘不了。很多古人的名和字之間是有聯繫的，比如韓愈，愈通「逾」，意思是超過，所以字就得「退一步（退之）」，恰合儒家的中庸之道，所以作為儒家忠實信徒的韓愈，很反對唐憲宗迎佛骨。

神雕大俠楊過，字改之，是郭靖、黃蓉起的，勉勵他將來不要學其父楊康認賊作父。「見善則遷，有過則改」出自《易經》。

郭靖自小從馬鈺道長那裡學了全真教內功打下底子，長大後練的九陰真經、天罡北斗陣都是正宗道家功夫；黃蓉他爸黃老邪，看上去仙風道骨，八成也是道家修煉者。他倆為楊過從《易經》中來找一組名和字，真是合乎邏輯。

孔子的弟子端木賜，字子貢，在上者賞給在下者稱為賜，在下者獻給在上者稱為貢，意義恰好相對。而周大都督周瑜，字公瑾；諸葛亮的哥哥諸葛瑾，字子瑜。瑾和瑜，皆是美玉。筆者猜周瑜和諸葛瑾的父親，在為孩子起名時，都正好在讀屈原的《九章》：「懷瑾握瑜兮，窮不得所示。」他倆是同時代的人，明顯不是彼此學習而來，而是心有靈犀，怪不得兩人同朝為官惺惺相惜，周瑜那麼想殺諸葛亮，卻也沒有動他大哥諸葛瑾一根毫毛的念頭。

還君明珠

韓愈曾經擔任國子監祭酒，按現在的話講，就是國立中央大學的校長，所以對於怎麼當一位好老師深有心得。語文課本中有他的著名議論文《師說》：

師者，所以傳道受業解惑也。人非生而知之者，孰能無惑？惑而不從師，其為惑也，終不解矣。生乎吾前，其聞道也固先乎吾，吾從而師之；生乎吾後，其聞道也亦先乎吾，吾從而師之。吾師道也，夫庸知其年之先後生於吾乎？是故無貴無賤，無長無少，道之所存，師之所存也。

這段話對於中國尊師重教觀念的形成，有著深遠的影響。而且**如果要教孩子學會文言文中「之乎者也」的用法，只需要以此一段作為示範足矣**，全齊了。

韓愈不但知道怎樣才算是一位好老師，自己也身體力行的認真教學，而且非常喜歡指導、提攜、推薦有潛力的讀書人。杜甫的粉絲張籍，字文昌，年齡比韓愈還大兩歲，但是都沒有考出功名，當他還在辛苦考進士的時候，韓愈已經是高高在上的進士考官了。後來韓愈一直指導、提攜、推薦張籍；對張籍而言，韓愈亦師亦友。韓愈寫了《早春呈水部張十八員外》給張籍：

天街小雨潤如酥，草色遙看近卻無。
最是一年春好處，絕勝煙柳滿皇都。

張籍最有名的詩作，則是《節婦吟．寄東平李司空師道》：

君知妾有夫，贈妾雙明珠。
感君纏綿意，繫在紅羅襦。
妾家高樓連苑起，良人執戟明光裡。
知君用心如日月，事夫誓擬同生死。
還君明珠雙淚垂，恨不相逢未嫁時。

中唐之後，強大的藩鎮各自割據一方，用各種手段拉攏知名文人和中央官吏，而一些在朝廷不得志的文人和官吏，也往往去依附他們以求得進身之階。當時炙手可熱的平盧淄青節度使李師道，想籠絡張籍，張籍遂作了《節婦吟》答之，**用「恨不相逢未嫁時」的比興手法委婉的表明自己的態度**。

此詩從表面上看純是抒發男女之情，實質上卻是一首政治抒懷詩，表明作者忠於朝廷、不受強鎮勾結的態度。不久後，囂張的李師道派刺客暗殺宰相武元衡、重傷裴度。等到裴度傷癒後，平定淮西吳元濟，李師道內心憂懼，最終軍敗身死。張籍對朝廷的忠誠，使得他避過了一場無妄之災。

張籍另一首流傳甚廣的名篇是《秋思》：

洛陽城裡見秋風，欲作家書意萬重。
復恐匆匆說不盡，行人臨發又開封。

此詩對遊子的心理活動刻畫得如此傳神，相信曾經離家遠遊的讀者都心有戚戚焉。如今生活在電話、微信和電子郵件的時代，再不會有「烽火連三月，家書抵萬金」的望眼欲穿，但同樣再也不會有收到千里之外家書的欣喜若狂了。

畫眉深淺

張籍後來官至水部郎中，詩名益盛，也成了別人干投行卷（把自己得意的作品呈給高官顯貴，提高知名度以利中進士）的對象，算是多年的媳婦熬成婆。新進詩人朱慶餘一直學習張籍的詩風，在參加進士考試前心裡沒底，便寫了一首《閨意獻張水部》送給偶像去品鑑：

洞房昨夜停紅燭，待曉堂前拜舅姑。
妝罷低聲問夫婿，畫眉深淺入時無？

新娘子梳妝打扮已畢，低聲問新郎：我這眉毛畫得是否入時，能讓舅姑（按：即公婆）

喜歡嗎？從表面看，這是一首完整而動人的閨意詩，然而**朱慶餘的本意是以新婦自比**，以公婆比進士主考官，以新郎比張籍來徵求他的意見：我的作品符合今年的流行趨勢嗎？所以，這首詩的另一個名字叫作《近試上張水部》。

朱慶餘雖然名聲不甚響亮，但此詩一箭雙雕的技巧令人驚嘆，在唐詩名家之中也無出其右者。他擔心自己是否趕得上時尚，隨便寫首詩問問他人意見，結果一不小心就寫成了千古經典。

對此，張籍用《酬朱慶餘》給出了明確的回答：

越女新妝出鏡心，自知明豔更沉吟。
齊紈未足時人貴，一曲菱歌敵萬金。

「一自西施採蓮後，越中生女盡如花」此句出自清代朱彝尊的《越江詞》，這句的意思是，自從西施在越江採蓮後，在越地出生的女孩子，各個美如花，後用越女指代傾國傾城的美女。詩裡的主角，**知道自己明豔動人不可方物，只是患得患失才沉吟猶疑**一下罷了。雖然其他富貴人家姑娘身上穿的是齊地出產的昂貴絲綢，可並不值得人們看重；這位姑娘的采菱珠玉（按：采菱是古代歌曲名，珠玉則比喻文詞富麗華美）一曲，才抵得上萬金啊。問者問得絕佳，答者答得巧妙，兩人互相推重，一組唱答可謂珠聯璧合，遂傳為詩壇佳話。

詩人王建是張籍的好友，同樣是很晚才入仕，兩人齊名，世稱張王樂府。王建到張籍家做客，看見案頭朱慶餘的《閨意獻張水部》，忍不住拍案叫絕。張籍笑道：「仲初兄的樂府和宮詞天下知名。但若論到閨閣之音、雙關之意，可就無慶餘這般佳作了。」王建眉頭一皺，脫口吟道：

三日入廚下，洗手作羹湯。
未諳姑食性，先遣小姑嘗。

古代女子出嫁後第三天，依照習俗要下廚房為全家做飯菜，「三日」可見其為新嫁娘。新娘子鄭重其事的做好羹湯之後，因不了解婆婆的口味偏好，要想得到一些指點，只能求助熟悉婆婆食性的小姑，趕快把她拉過來先嘗一嘗。這首《新嫁娘詞》把新娘的機靈聰敏展現得唯妙唯肖。

《孔雀東南飛》中焦仲卿的妻子劉蘭芝，和《釵頭鳳》中陸游的妻子唐婉，都是因為婆婆不喜歡，而最終導致婚姻破裂。新娘子要想地位穩固，勢必要討好公婆，不知道妝畫得如何就偷偷問丈夫，不知道湯味道如何就偷偷問小姑，朱慶餘與王建的這兩首詩頗有異曲同工之妙。更難得的是，《新嫁娘詞》同樣語帶雙關。後來有人干投行卷，在卷首便抄了王建這句「未諳姑食性，先遣小姑嘗」。

朱慶餘和張籍那番唱答震動朝野。張籍感念韓愈當初熱心提攜自己，繼承發揚他這種精神，將朱慶餘的詩歌通通拿來吟改一遍以後，留下二十六篇最好的藏在袖子裡，平時遇到熟人朋友，就取出來熱情推薦一番。在這樣強大的推廣之下，朱慶餘果然進士及第。張籍老懷欣慰，寫了一首《喜起放榜》以表祝賀：

東風節氣近清明，車馬爭來滿禁城。
二十八人初上榜，百千萬裡盡傳名。
誰家不借花園看，在處多將酒器行。
共賀春司能鑒識，今年定合有公卿。

朱慶餘的慶餘二字出處，筆者猜想應該是「向陽門第春常在，積善人家慶有餘」。慶餘是他的字，名為可久，名與字含義相通，以字名於世。

傳說蘇東坡的好友佛印是個酒肉和尚，有一天剛煎好一條魚端上桌準備下酒，正巧蘇東坡登門來訪，佛印急忙用罄（空容器）將魚碗蓋住。佛印的廚藝很好，蘇東坡在門外就聞到了魚香，進門左顧右盼卻未尋到，只見桌上的罄很突兀的蓋著，心中就有數了。他裝作苦惱的說：「今日有人出了一個上聯：向陽門第春常在。天才如我，絞盡腦汁也對不出來！」佛印深感詫異，順口便道：「這是常見對子，學士怎麼不知？下句是『積善人家慶有餘』嘛！」

話音剛落，蘇東坡哈哈大笑，舉手將罄一翻：「既然罄裡有魚，大師何不拿出來同享？多謝多謝，善哉善哉！」佛印猝不及防著了道，只好添一雙碗筷與之共用。至於他如何報復蘇東坡，那是後話，暫且不提。

諫迎佛骨

能提攜出張籍這樣傑出的門生，可以想見韓昌黎定是一位如他自己所希望的優秀老師。但和劉禹錫、柳宗元一樣，韓愈的仕途也不順利。他原本因為跟隨裴度平定淮西有功，被任命為刑部侍郎。在唐憲宗要耗費鉅資，迎拜據說是釋迦牟尼的一節指骨，以求得佛祖保佑時，身為大儒的韓愈以一篇《論佛骨表》上疏直諫，懇請將佛骨「投之於水火，永絕根本，以斷天下後世的迷信疑惑」，並表示「一切災殃，由臣承擔，上天鑑福，絕不怨悔」。唐憲宗讀後聖心大怒，打算殺掉韓愈，這次又是多虧以裴度為首的一眾官員，為他求情才免於一死，被貶為潮州刺史。

唐憲宗李純在位年間，勤勉政事，重用裴度、李愬等賢臣良將，討平淮西等藩鎮，重振了中央政府的威望，**史稱「元和中興」**。可惜靡不有初，鮮克有終，李純和他祖先唐玄宗一樣**虎頭蛇尾**，晚年既迷信佛教，又堅持長期服食道教長生丹，廣開萬千法門。結果在迎回佛骨後的一年左右，唐憲宗就往生了，可謂是理想很豐滿，現實很骨感。

在當時，前往廣東的路途遙遠艱難，而且瘴癘之氣彌漫，被貶官員很多都因水土不服死於任上。韓愈在去潮州的路上途經藍關時，寫下了《左遷至藍關示侄孫湘》，贈給趕來送行的侄孫韓湘：

一封朝奏九重天，夕貶潮州路八千。
欲為聖明除弊事，肯將衰朽惜殘年？
雲橫秦嶺家何在？雪擁藍關馬不前。
知汝遠來應有意，好收吾骨瘴江邊。

韓湘在民間的名氣比韓愈還大。他曾經手持長笛和另外七位朋友，一起漂洋過海各顯神通，**俗稱八仙過海**，也因此和著名大反派東海龍王結下不解之仇。韓湘子成仙之後，在這一點上，和同事哪吒總是聊得酒逢知己千杯少。

韓愈剛到潮州，就聽說境內的溪中有鱷魚為害，不但把附近百姓的牲口都吃光了，甚至傷害到村民性命。韓刺史大怒，寫下一篇《祭鱷魚文》，告誡這些傢伙趕緊搬遷，否則將把牠們都做成皮具：

今與鱷魚約，盡三日，其率丑類南徙於海，以避天子之命吏。三日不能，至五日；五日不能，至七日；七日不能，是終不肯徙也，是不有刺史、聽從其言也。不然，則是鱷魚冥頑不靈，刺史雖有言，不聞不知也。夫傲天子之命吏，不聽其言，不徙以避之，與冥頑不靈而為民物害者，皆可殺。刺史則選材技吏民，操強弓毒矢，以與鱷魚從事，必盡殺乃止。其無悔！

不久，凶殘的鱷魚果然都消失了，潮州境內從此永絕鱷魚之患。韓愈還以為是自己的威脅奏效，不知道其實全虧他的寶貝侄孫。韓湘子為了幫助叔祖，請自己那七位好友一起去水底和鱷魚們大戰一場，順便大鬧一直彼此看不順眼的東海龍王的龍宮（誤）。

第二十一章

負能量詩人：詩奴賈島、詩囚孟郊

韓愈最有名的故事，還是他與賈島之間的「推敲」。雖然這個故事幾乎人盡皆知，但它的完整版，比大家所知的要更加豐富精彩。

終南捷徑

深秋的一天，一位衣著寒酸的和尚，騎著毛驢緩緩的走在長安朱雀大街上。只見陣陣秋風吹下落葉片片，正是到了詩人們悲秋職業病發作的季節。和尚心頭一動，隨口吟出一句「落葉滿長安」。他對這句十分滿意，但這明顯只是下半句，還得配個上半句才行。和尚就開始摸著光頭冥思苦想，卻怎麼也想不出對仗的佳句。畢竟不是所有的和尚都像一休一樣，只要認真思索就能得出答案。

他一邊騎驢往前走，一邊嘴裡唸唸有詞。大街對面正好走來一隊高官的儀仗，鳴鑼開道肅靜回避，和尚想詩想得入神居然沒有聽見，一直衝到儀仗隊裡，引發一片混亂。此時和尚的靈感突然來了，大叫一聲「秋風生渭水」。

轎內坐的高官是京兆尹（按：相當於今天的首都市長）劉棲楚，聽見外面嘈雜喧鬧，伸出頭來一看，自己的儀仗隊已然大亂，不禁怒道：「哪來的禿驢如此大膽？」和尚趕緊道歉：「回大人，貧僧賈島，正在苦吟作詩，無意間衝撞了大人，萬望恕罪！」賈島以為自報家門之後，對方一定會以禮相待，不想劉大人一聲暴喝：「賈島？就是那個騙吃騙喝的假和尚？竟敢如此無禮，給我抓起來！」如狼似虎的兵丁們立刻一擁而上，將賈島一頓暴打，然後扔進拘留所。

想當年陳子昂和宋之問，有位共同的好友叫盧藏用，考中進士後一直沒當上滿意的高官，就跑到長安附近的終南山隱居。當皇帝巡視洛陽時，他又跟到洛陽附近的嵩山去隱居，在江湖上**贏得「隨駕隱士」的大名**，這傢伙也不以為恥。苦心人天不負，車馬勞頓的盧藏用最後終於引起天子的注意，被請出來做高官。從此，這種求官的方法，被稱為終南捷徑。

賈島當時在京城待了三十年，每次考進士都不中，把家產敗光，囊中羞澀一貧如洗。他本該學盧藏用走這條終南捷徑，但因為生活窘迫，連到終南山的來回路費都湊不出，只好跑到長安城邊的青龍寺，隱居做和尚。不過大家都知道**他出家不是出於信仰佛教**，而是由於生活所迫，這一點父母官劉棲楚也很清楚。

賈島在拘留所裡被關了一夜，自然吃了不少苦頭，卻在那一聯的基礎上吟成了一首五律《憶江上吳處士》：

閩國揚帆去，蟾蜍虧復圓。
秋風生渭水，落葉滿長安。
此處聚會夕，當時雷雨寒。
蘭橈殊未返，消息海雲端。

推敲

筆者認為整首詩裡，也就是害得他進拘留所的第二聯還算精彩。行政拘留期滿，賈島被放出來後，當天又去長安郊外拜訪朋友李凝。李家很偏僻，等他走到時已是夜深人靜，結果主人偏巧離家外出。撲了個空的賈島在這時又作了一首《題李凝幽居》：

閒居少鄰並，草徑入荒園。
鳥宿池邊樹，僧推月下門。
過橋分野色，移石動雲根。
暫去還來此，幽期不負言。

訪友不遇的賈島，只好在朋友家暫住一夜，第二天早上返回長安。當他再次騎驢漫步在朱雀大街上時，想起昨夜即興寫成的那首詩，感到「僧推月下門」中的推，似乎用得不大妥帖，是不是改用敲字更恰當一些呢？於是賈島騎著毛驢，一邊嘴裡唸唸有詞，一邊伸手做出敲門或者推門的動作，來對比揣摩，結果走路不看路，又撞進另一位高官的儀仗隊裡。

騎著高頭大馬的刑部侍郎韓愈大人問道：「什麼人在此胡亂衝撞？」賈島照例回答：「回大人，貧僧賈島，正在苦吟作詩，無意間衝撞了大人，萬望恕罪！」幸運的是韓大人比劉大人和藹多了，並沒有叫人把他抓起來痛打，而是頗感興趣的問道：「你作的什麼詩？」賈島便眉飛色舞的將正在困擾自己的學術問題，描述了一番。韓愈駐馬思索良久：「夜半寂靜無聲，如果用敲字，會平添一絲音色，而且敲門的舉動彬彬有禮，似乎更佳。」賈島拍手笑道：「大人所言甚是！貧僧還想著，若是夜半聽見敲門之聲，更襯出周遭之寂靜，這正是『蟬噪林逾靜，鳥鳴山更幽』之意啊。」韓愈撚鬚微笑：「對極，對極！」兩人越談越投機，遂一個騎馬一個騎驢，並轡而歸。

看到這裡，喜歡陰謀論的人會隱隱覺得這其中肯定有問題。賈島兩次作詩，都能衝入高官的儀仗隊，而這本應是一件很難發生的小概率事件。從他這個慣犯的行為方式來看，不禁**讓人懷疑這是自我炒作**，在劉棲楚身上試驗失敗，而在韓愈身上試驗成功。無論如何，有志者事竟成，最終賈島和比他年長十一歲的韓愈，從此常常在一起談詩論道，結為好友。

詩中之奴

韓愈雖然竭力反對唐憲宗迎佛骨，這一勞民傷財之舉，對佛教也無甚好感，但這並不妨礙他推崇賈島，因為他也很清楚，賈島不過是個為生活所迫的假和尚。韓愈以前為孟郊、張籍都做過成功的推介會，使得那兩位都考上進士，現在又開始全力推薦賈島，還專門寫一首《贈賈島》來為他做品牌推廣：

孟郊死葬北邙山，從此風雲得暫閒。
天恐文章中道絕，再生賈島在人間。

得到韓愈支援以後，賈島終於成功的出了大名，並且如願以償當官入仕。放在今天，韓愈定是第一流的網路推手。賈島非常感激且尊敬韓愈，當韓愈因為諫阻迎佛骨，而被貶至遙遠蠻荒的潮州時，他寫下了《寄韓潮州愈》遙寄掛念之情：

此心曾與木蘭舟，直至天南潮水頭。
隔嶺篇章來華岳，出關書信過瀧流。
峰懸驛路殘雲斷，海浸城根老樹秋。
一夕瘴煙風卷盡，月明初上浪西樓。

其實賈島反覆推敲自己詩中的用字，並不是偶然做法，而是一貫風格。他綽號「詩奴」，一生不屑與常人往來，就喜歡作詩苦吟，在煉字方面下功夫。有一次他為了送別一位法號為無可的和尚，寫了一首《送無可上人》：

圭峰霽色新，送此草堂人。
麈尾同離寺，蛩鳴暫別親。
獨行潭底影，數息樹邊身。
終有煙霞約，天臺作近鄰。

最後一聯的意思是說，自己今天雖然送別了好朋友無可上人，但是也不用太傷心，因為兩人早有約定，將來到天臺山歸隱做近鄰。但是考慮到賈島做和尚的原因，和求仕的迫切心情，這兩句可能有點言不由衷。**此詩寫了足足三年才完成**，這樣說的證據是他在「獨行潭底影，數息樹邊身」兩句下面，另寫了一首小詩作為注解：

兩句三年得，一吟雙淚流。
知音如不賞，歸臥故山秋。

筆者並沒特別欣賞這兩句詩，卻對這首注解詩很有同感。自己花費心血寫文章的時候，也是想著「知音如不賞，歸臥故山秋」。幸而遇到知音無數鼓勵甚多，才有動力繼續寫下去。賈島寫一首送別詩花三年，黃花菜都涼了，實在匪夷所思，只能理解成他太喜歡推敲煉字，對自己的作品也太自珍自愛。

敝帚自珍

對於自己這些苦熬出來的作品，賈島確實十分得意，甚至到了有點自戀的地步。每年到了除夕夜，當別人都在焚香祭拜祖宗時，他會把自己在過去一年所寫的詩作拿出來，端端正正的擺放在案几之上，嘴裡還唸唸有詞：「這可是我一年來的心血之作啊！」然後按著點燭、焚香、酹酒的標準程序，恭恭敬敬的供奉一番。

賈島當官以後，有一次回到以前當假和尚的青龍寺，去玩憶苦思甜一日遊，跑到寺廟高高的鐘樓上，拿出隨身攜帶的近作詩卷，放在桌上大聲吟誦，越讀越自鳴得意。所謂「居高聲自遠」，此時正巧樓下有人經過，被他朗朗的讀詩聲所吸引，便登上樓來，從桌上拿起詩卷想看看。賈島一瞄，立刻瞪眼怒道：「看您這個富家子弟肥頭大耳的模樣，難道還懂詩嗎？」一劈手就把自己的寶貝詩卷奪了回來。

那人愣了一下，也不多言，轉身噔噔噔下樓去了。人家走了以後，賈島總覺得好像有哪裡不太對勁，想了半天，終於反應過來，剛才那人似乎有點眼熟，似乎是當今聖上！

這位聖上，自然就是大老闆唐宣宗李忱了。你說皇上平時都龍袍冕旒高高在上，賈島這種小官偶爾面聖一次也是遠遠的跪在地上，恐怕根本看不清陛下的臉。現在他沒事兒突然搞個什麼微服私訪，賈島一時間哪認得出來？這不是害人嘛！過了幾日果然有聖旨下來，將一直提心吊膽的賈島貶為長江主簿，所以後來賈島被稱為「賈長江」。

這段故事出自《唐才子傳》，但事實上唐宣宗即位的那年，賈島已經過世，所以可能是後人根據賈島敝帚自珍的可愛性格附會出來的。

那麼這位唐宣宗究竟懂不懂詩呢？讓我們看看他在白居易逝世之後，為之所寫的輓詩《弔白居易》就知道了。《精英必備的素養：全唐詩（初唐到中唐精選）》寫白居易時引用過其中一聯，全詩如下：

綴玉聯珠六十年，誰教冥路作詩仙？
浮雲不系名居易，造化無為字樂天。
童子解吟長恨曲，胡兒能唱琵琶篇。
文章已滿行人耳，一度思卿一愴然！

這文字功底和格調確實都屬上乘。唐朝詩風如此之盛，有的皇帝比如唐武宗欣賞詩歌，有的皇帝比如唐德宗欣賞詩人，而有的皇帝比如**唐宣宗乾脆自己當詩人**。唐宣宗在文采方面自命不凡，自認為如果去考進士的話，肯定能登第，所以經常在自己的詩文上署名「鄉貢進士李道龍雲」，似乎**落款寫進士比寫皇帝更有風采**。這也從一個側面反映出唐朝進士的社會地位是多麼尊貴。

賈島臨死時，家無一錢，唯有那頭跟著他一起「推敲」、一起衝撞儀仗隊的老病驢和一具古琴而已。時人都愛惜他的才華，而嘆息他命薄。筆者讀賈島的詩發現一個規律，大凡他苦吟煉字出來的詩都枯燥乏味，反而是那首清新自然、沒有任何苦熬痕跡的《劍客》令人大愛：

十年磨一劍，霜刃未曾試。
今日把示君，誰有不平事？

在這首詩中也明顯可以看出賈島在自我推銷，將自己比作磨礪了十年的寶劍，看看哪位大人能夠拿去派上用場。他的詩裡真正算得上超脫閒逸風格的，好像只有《尋隱者不遇》：

松下問童子，言師採藥去。
只在此山中，雲深不知處。

當時的人都不認為賈島多麼有才，但他的苦吟精神和最後熬出來的優秀作品，**在晚唐和五代非常有影響**。比如晚唐詩人李洞就特別欽慕賈島，經常手持佛珠唸唸不已，但是口中喃喃唸的不是「南無阿彌陀佛」，而是「南無賈島佛」，每天要唸一千遍。

佛教徒唸阿彌陀佛，據說是想往生之後，能到阿彌陀佛所在的極樂世界，也不知李洞唸賈島佛，是打算要到哪片淨土。如果遇到同樣喜歡賈島的人，李洞就大喜這位是知音啊，和自己一樣有品味，一定會親手抄幾首賈島的詩作送給他，臨別時還要再三叮囑：「這個和佛經沒有什麼區別，你帶回去以後一定要常常焚香敬拜它哦！」

詩中之囚

韓愈評價賈島的才華堪做孟郊的繼承者，從此孟郊和賈島齊名並稱。孟郊綽號「詩囚」，賈島綽號「詩奴」，兩人在大家心目中，都是一副囚徒奴隸的苦哈哈形象。這也不足為奇，俗話說相由心生，孟郊和賈島、羅隱一樣，也是長年在科舉考試上不得志，心情和面相估計都很難好看得起來。

寫到這裡，筆者覺得似乎可以把大唐的才子們分成兩隊，一支是由王維、王昌齡、白居易、杜牧、李商隱等人組成的進士隊，另一支是由李白、杜甫領銜的非進士隊。兩隊陣容都很強大，若舉辦一場比賽，勝負難以預料。

孟郊，字東野，名與字加起來是郊野，也很好記。他比賈島早出生二十八年，比韓愈大十七歲。孟郊性情耿介，不擅與人交遊往來，又考不上進士，自然鬱鬱寡歡，所以寫詩思路別出心裁，用字清冷苦澀，讀起來總是讓人感覺有滿滿的負能量，這一點**和歡樂青年劉禹錫相比，兩人的風格正好是兩個極端**。比如他的這首《夜感自遣》：

夜學曉未休，苦吟神鬼愁。
如何不自閑，心與身為仇。
死辱片時痛，生辱長年羞。
清桂無直枝，碧江思舊遊。

在一首詩裡連用苦、愁、仇、辱、羞等這麼多負面的字眼，就是典型的孟郊風格。長年的科舉不第，使他入不敷出、家徒四壁。有一次，他要搬家卻沒有運輸工具，只好向鄰居借車。一般人認為老婆與車恕不外借，所以孟郊在借車時，自然也遭人翻白眼，但厚著臉皮好歹借到了，總算把他一共也沒有幾件的家具搬到新家。為此他作《借車》一詩自嘲：

借車載家具，家具少於車。
借者莫彈指，貧窮何足嗟。
百年徒役走，萬事盡隨花。

雖然在科舉考試中屢戰屢敗，好在孟郊神經足夠堅韌，屢敗屢戰，到了四十六歲時終於如願以償得中進士。

第二十二章

孟郊登科領半薪，元稹憤青求功名

年近半百的孟郊高中進士以後，雖然不能像白居易那樣自誇「慈恩塔下題名處，十七人中最少年」，但也有足夠的資本揚眉吐氣、傲視長安了，所以得意揚揚的寫下著名的《登科後》：

昔日齷齪不足誇，今朝放蕩思無涯。
春風得意馬蹄疾，一日看盡長安花。

此時孟郊欣喜若狂的心情，應該和《儒林外史》裡范進中舉時一樣，只是靠著神經比較大條，沒有喜極而瘋罷了。從此他算是從非進士隊，正式轉會到進士隊，並且被國家分配到溧陽縣當了一個小官。

打油詩

孟郊上任後到處尋訪名勝，飲酒賦詩。那年冬天一個大雪紛飛的日子，他遊玩到了一座古寺，剛進大殿，抬頭便看見雪白的牆壁上題了一首詩：

六出九天雪飄飄，恰似玉女下瓊瑤，

有朝一日天晴了，

使帚的使帚，使鍬的使鍬。

孟郊大怒：「這是什麼狗屁詩也敢塗在牆上？有辱斯文！給本官查清是誰寫的，重重治罪！」隨從趕緊回稟道：「大人不用查了，作這種詩的不會是別人，定是本縣的張打油。」孟郊立即下令將這個傢伙抓來，不一會兒張打油就被帶到孟郊面前。

張打油明白自己被抓的原委以後，上前深深一揖，不慌不忙的說：「啟稟大人，小民平時的確喜歡胡謅幾句詩，但比起牆上這首還是高明多了。大人如若不信，盡可出題，小民情願面試。」孟郊聽他口氣不小，望向門外皚皚白雪，微笑道：「既然如此，以這漫天飛雪之景為題吧。」張打油略一思索，搖頭晃腦的吟道：

天下一籠統，井上黑窟窿。

黃狗身上白，白狗身上腫。

左右人等聽了哄堂大笑，孟郊也忍俊不禁一揮手：「果然好詩！可稱為『打油體』了。饒你去罷！」從此張打油聲名遠播，打油詩之名也不脛而走，一代代發揚光大至今。筆者勤學苦練小有所成的詩風，便屬於這個流派。

郊寒島瘦

孟郊可能不具備做官的能力，平時總愛花時間飲酒、彈琴、交友、賦詩，本職工作做得一塌糊塗。他的上司只好讓他半薪留職，找別人幫他做事，但得分一半薪水給人家。孟郊領了微薄的半薪回家度日，在困窘的經濟條件下，他寫出《臥病》這樣的詩就不足為奇了：

貧病誠可羞，故床無新裘。
春色燒肌膚，時餐苦咽喉。
倦寢意蒙昧，強言聲幽柔。
承顏自俯仰，有淚不敢流。
默默寸心中，朝愁續暮愁。

除了孟郊，好像沒見過別的詩人認為**好春色會燒痛肌膚**，吃時鮮蔬菜會讓咽喉發苦；再加上一連串孟郊風格標籤，如詩中的貧、病、羞、故、倦、淚、默、愁等，這樣的詩讀起來簡直寒氣逼人。很喜歡評價詩人的蘇軾，給孟郊和賈島的評語是「郊寒島瘦」，生動的概括兩人詩作中，所體現出來的形象：格局之小、情緒之愁和煉字之苦。自此孟郊和賈島就被釘在這四個字上，再也翻不了身。也有可能是經過了盛唐李白、杜甫、王維、王昌齡和中唐白居易、劉禹錫等兩輪天才星雲的創作，搞得後來之人感覺剩下可寫好詩的空間太小，只好更加辛苦的錘煉字句。雖然也有個別的星光閃耀，但要使整體氛圍從這種艱辛的環境中，另闢蹊徑脫困而出，則要等到下一輪天才——晚唐「小李杜」的活躍了。

和賈島偶爾也有《尋隱者不遇》這樣閒逸風格的作品類似，孟郊也有難得的溫暖作品，就是同樣入選語文課本的《遊子吟》：

慈母手中線，遊子身上衣。
臨行密密縫，意恐遲遲歸。
誰言寸草心，報得三春暉？

當家才知柴米貴，養兒方曉父母恩。筆者現在也已為人父，每次看到有孝子、孝女被人稱讚，總是想起母親的偉大，無可比擬，也無可報答，不禁感嘆：「誰言寸草心，報得三春暉。」

白居易晚年的好友是劉禹錫，兩人合稱「劉白」，經常在一起吃喝。而白居易前半生的好朋友是元稹，兩人合稱「元白」，也經常在一起詩酒唱和。劉禹錫有可能是匈奴後裔，而元稹則鐵定是鮮卑後裔，元姓是北魏孝文帝從拓跋姓改為的漢姓。**白居易很喜歡和少數民族兄弟交朋友**，怪不得「胡兒能唱琵琶篇（按：指白居易的詩流傳廣泛，且寫的通俗易懂）」，可見世界上所有的成功都是有原因的。如果要想讓少數民族朋友從心底接受你，你得先從心底接受他們。

元輕白俗

蘇軾除了評價「郊寒島瘦」之外，還說過「元輕白俗」。這裡的「俗」，是帶有褒義的「通俗」，指白居易的詩歌淺白易懂「童子解吟長恨曲」，而不是貶義詞庸俗，因為白詩確實通而不俗，而且事實上蘇軾非常敬慕白居易，應該算是白居易最著名的粉絲。

蘇軾謫居黃州時，俸祿微薄而家人眾多。為了讓大家儘量吃飽肚子，妻子王閏之只能在每個月月初，將老公的月薪四千五百錢均勻分成三十份，分別用一根麻繩穿起來，掛在房梁上。每天早上起床後的第一件事情，就是取且僅取一串下來，用以安排三餐果腹。女主人勤儉持家，若當天能有些節餘，蘇軾就興高采烈的將這些意外之喜，藏在一個小罐子裡，以備萬一有客人來訪時，好買點酒來招待。

就在他過清貧生活時，天無絕人之路，老朋友馬正卿專程來探望。見蘇軾過得如此窘迫，馬正卿便找到昔日同窗、時任黃州太守的徐君猷，請求他將城東一塊閒置的坡地，撥給蘇軾墾殖，一下子就解決了蘇家的吃飯問題。蘇軾大喜過望，想起**當年白居易擔任忠州刺史時，在東坡植樹種花**，還樂天知命的寫下了《步東坡》，**於是蘇軾便效法偶像**，將自己的這塊坡地也稱為「東坡」，並自號「東坡居士」。

但「元輕」就真的不是讚美之言了，指「輕薄」的可能性比較大，因為很多人認為元稹的生平當得起這個評語。元稹，字微之，比白居易小七歲。前文中介紹了古人名與字之間的聯繫，筆者覺得元稹的名與字，應該是「縝密入微」（稹是縝的通假字）的意思。

元稹的詩作中，大家最早接觸的估計是這首《行宮》：

寥落古行宮，宮花寂寞紅。
白頭宮女在，閒坐說玄宗。

詩裡的行宮，指的是洛陽行宮上陽宮，也是顧況透過「紅葉傳詩」（見《精英必備的素養：全唐詩（初唐到中唐精選）》）找到老婆的地方；一代女皇武則天被逼退位之後，住在這裡直到那年冬天駕崩；唐玄宗以前的寵妃——善跳驚鴻舞的梅妃，在和善跳霓裳羽衣舞的楊貴妃爭寵失敗以後，也是被安排住在上陽宮。你會發現，其實上陽宮大多數時候，被當冷宮用的，可見裡面的宮女平時有多孤寂無聊。

在這樣的宮牆裡，除了玩「漂流瓶」之外，也沒什麼更好的娛樂方式。何況有顧況老婆成功的故事在先，宮女們便依樣學樣，在紅葉上題詩成了日常消遣。唐德宗年間有位宮女名叫鳳兒的，也留下過一首《題花葉詩》：

一入深宮裡，無由得見春。
題詩花葉上，寄與接流人。

到了唐宣宗年間，詩人盧渥很羨慕前輩顧況的韻事，有空的時候就跑到御溝邊，來回散步碰運氣。沒想到有一天還真被他看見一片紅葉順流而出，上面隱隱有字跡。盧渥壓抑著狂喜的心情，趕緊從水中撈起紅葉，只見上面果然題著一首詩：

流水何太急，深宮盡日閒。
殷勤謝紅葉，好去到人間。

盧渥得意揚揚的拿紅葉向好友們一番炫耀，然後壓箱底收藏。幾年後唐宣宗將宮女遣散嫁給官吏士人，盧渥娶了一位韓姓宮女為妻。婚後的一天，韓氏為丈夫打理衣物，偶然看見箱底這片紅葉，忍不住驚呼：「我當年偶然題詩葉上，隨水流去，想不到竟然被夫君撿到！」盧渥不敢相信，趕緊讓妻子手書幾字，拿來一比對，**紅葉上果然正是妻子的筆跡！**

如果你羨慕顧況和盧渥，打算穿越到古代去接美女發出的「漂流瓶」，還是要到冷宮的外面去等著，成功的機率會大一些。但這種緣分天註定的佳偶，畢竟是人間稀有的傳奇。元稹的《行宮》，就描繪這些上陽宮女，在寥落深宮中的冷清情景：陪伴她們的唯一裝飾，就是寂寞的宮花，而她們也只能百無聊賴的閒話開元、天寶年間的往事，追思再也回不來的昔日榮耀。

像李紳一樣，元稹也曾經是一位憤青，對別人爭相攀附權貴不屑一顧。在一個寒冷的冬夜，他出差路過敷水驛，唯一的上房正好有空，入住以後因為鞍馬勞頓，很早就洗洗睡了。不料睡到後半夜，氣焰熏天的大宦官仇士良一行人，也到了驛站投宿，還叫醒元稹要他將上房讓出來。

元稹冷冷一笑：「凡事都講個先來後到，而且元某人乃是堂堂監察御史，專門糾正世風日下人心不古的，怎麼可能給你這個太監讓地方呢？別人怕你，我不怕！」仇士良大怒，命令手下的爪牙一擁而上，把元稹從溫暖的被窩裡拎出來暴打一頓。元稹奮起還擊，但畢竟雙拳難敵四手，最後一張俊臉被打得腫胖，半夜三更連人帶行李一起被丟到驛站外面冰冷的地上。

怒氣沖天的元稹第二天立刻上疏朝廷，狀告仇士良無禮。他的同事御史中丞王播也上奏說，御史和大太監地位差不多，應以先來後到決定誰能住上房，請求唐憲宗按慣例處理。一貫寵幸宦官的唐憲宗，收到奏報後批示：「元稹年少氣盛不夠穩重，擔當不了監察御史這樣重要的中央政府官職，還是貶到荊州地方上去做個小官歷練歷練吧。」我們看到唐憲宗至少貶過白居易、劉禹錫、韓愈、柳宗元、元稹，不知道是否因為他自己詩做得不夠好，總之就是看詩人不順眼。

這個仇士良後來在懦弱的唐文宗一朝權傾天下，殺過親王、皇妃、宰相。這樣看來，當時元稹只是貶官了事，運氣還算不錯。

碧紗籠詩

為元稹說公道話的同事王播，字明揚，也有非常著名的故事。他是揚州人，年幼時父母雙亡，只好借住在當地寺廟木蘭院中讀書，主要是為了在和尚們每次敲鐘用餐時，去蹭碗飯果腹。和尚們剛開始還以禮相待，但時間一長，其中有些慈悲心不夠的和尚，就顯得有些厭煩了。

一天中午，王播一邊心不在焉的看書，一邊撫摸著饑腸轆轆的肚子，焦急等開飯。奇怪的是，這天鐘聲一直不響。當他餓得快要暈過去時，終於聽到了期盼已久的鐘聲。興奮的王播三步並作兩步**衝進食堂，卻發現和尚們已經將飯鍋吃得底朝天了**，有幾個人還對他幸災樂禍的冷笑。王播屈辱的淚水差點就奪眶而出，但是自尊心讓他不發一言，立刻扭頭返回住處，收拾好簡單的行李離開木蘭院。

臨行之前，王播憤然提起筆，在寺院牆壁上題了兩句詩：「上堂已了各西東，慚愧闍黎飯後鐘。」但是飢餓和羞辱讓他再也續寫不下去了，低頭想了想，將筆一扔，抬起頭大踏步的遠去了。

三十年之後，王播已經當了宰相，當他回到揚州，提出要到昔年借住過的木蘭院去看看。這種衣錦還鄉的心態我們都很容易理解。寺僧們聽說當年的小癟三、如今的王大人要回寺來視察工作，便手忙腳亂的把人從王播曾住過的陋室中趕出去，將土房修葺一新，再放盆鮮花、噴香霧。方丈大師一拍腦袋，又命人將王大人年輕時憤然題下詩句的那面牆壁，用拂塵輕輕的撣淨灰塵，再用上好的碧紗小心的將兩句詩覆蓋起來。

當王播前呼後擁、威風八面回到這座給他留下深刻記憶的木蘭院時，抬頭看到自己那兩句諷刺詩，受到碧紗籠罩的優待，昔日吃不上一頓舒心飯的屈辱，和今日無限風光呈現強烈對比，不禁令他感慨萬千。他當即命人拿來筆墨，在原來那兩句後面又續寫了兩句，用三十年的時間完成了這首《題木蘭院》：

上堂已了各西東，慚愧闍黎飯後鐘。
三十年來塵撲面，如今始得碧紗籠。

「闍黎」就是和尚。木蘭院到今天只留下了一座唐代石塔，位置正巧被劃入一條道路的中心綠化帶，用圍欄保護起來，並因此命名那條路為石塔路。而「飯後鐘」從此成為嫌貧愛富的典故。

木蘭院可不是揚州唯一有故事的寺廟，當地還有一座禪智寺，在古代也曾是名寺，以芍藥之盛著稱。康熙年間，鹿鼎公韋小寶在未發跡之前，曾因年少頑皮在禪智寺攀折芍藥，被大和尚們一頓打罵攆將出來。

十餘年後，成為欽差大臣的韋大人駕臨揚州，想起了幼時所受的打罵之辱，不由得怒從心頭起，想找碴毀掉揚州的芍藥盛景，以報當年之仇，在席間脫口而出：「揚州就是和尚不好。」布政司慕天顏是個乖覺而有學識的人，接口道：「韋大人所見甚是！揚州的和尚勢利，奉承官府，欺辱窮人，那是自古已然。」便講了「王播碧紗籠」的故事給韋大人聽，意思是揚州的和尚一直都這樣狗眼看人低，與韋大人站在同一條陣線上同仇敵愾。

接著他又為韋大人簪了一朵「金帶圍」，隨後講了「四相簪花」的故事，預祝韋大人將來必定像那四位一樣，登閣拜相、加官晉爵。韋大人市井出身，本來最喜的就是聽說書故事，聽下來彩頭又好，大悅之下便放過了揚州的芍藥們（按：四相簪花是北宋的典故：有一種花叫作金纏腰，此花花瓣被時任揚州太守韓琦剪下，插在他宴請的三位賓客及自己頭上，之後四人都做了宰相）。

《西廂記》原版作者

元稹在敷水驛吃了仇士良的虧之後，總結自己的劣勢，就是朝中沒有公公罩著，**便投靠了大太監崔潭峻**，借此又回到朝廷中樞還升了官，卻被不滿宦官弄權的有識之士在背後譏笑。而且他為人所詬病的，除了政治上的錯誤，還有生活上的錯誤。

元稹有一本著作叫《會真記》，又名《鶯鶯傳》，內容是講有位才子張生旅居普救寺時，正好遇上一場兵亂，他出力救了恰巧同住寺中的遠房姨母鄭氏一家。在鄭氏的答謝宴上，張生對美麗的表妹崔鶯鶯一見傾心，透過婢女紅娘從中傳書，幾經反覆後，兩人終於在一起。

後來張生赴京科舉應試未中，滯留京師後變心，給自己找了個理由，說鶯鶯是「必妖於人」的天下之尤物，而自己德不足以勝妖孽，最終拋棄了她，並自詡善於補過。張生前後態度的變化如同坐過山車一般，看得筆者頭昏腦漲，思維完全跟不上他變心的速度。

有少數人認為《會真記》並不是元稹的自傳，更多的人則認為，**他在描寫自己年輕時的情史**，而且大多數讀者並不認同元稹的價值判斷，很鄙視主角這種始亂終棄的行為。

魯迅先生對此評論道：「篇末文過飾非，遂墮惡趣」，我深以為然。元代王實甫在《會真記》的基礎上，再創作的《西廂記》，將張生的形象塑造得情深義厚、功成名就，最後和感情堅貞的崔鶯鶯，有情人終成眷屬，是大家喜聞樂見的大結局。

《會真記》雖然在主題思想上前後矛盾，價值觀一塌糊塗，但其塑造的崔鶯鶯，確實是一位美麗動人的才女，甚至丫鬟紅娘的光芒，也蓋過了原著中那個令人生厭的張生。小說中的崔鶯鶯還為我們留下了這首名詩：

待月西廂下，迎風戶半開。
拂牆花影動，疑是玉人來。

如果《會真記》真的是元稹的自傳，那麼他曾經喜歡上的這位姑娘，僅憑這一首詩就可以位列一流詩人的行列。張生看不上崔鶯鶯，大概並非因她是尤物，哪個男人不喜歡美女呢？真實的原因恐怕是她家世凋零，對張生的仕途沒有任何助力。

元稹未曾吐露過自己是否這樣想，我們只知道他二十四歲未登科時，迎娶了當朝太子少保韋夏卿最小的女兒、年方二十的韋叢。

第二十三章

元稹三首《遣悲懷》，滄海巫山念摯愛

韋夏卿，字雲客，位居太子少保。如果你不清楚那是多高的榮銜，可以這樣對比：唐朝的宰相是正三品，而太子少保是正二品，官階比宰相還要高兩級（按：其官階由高至低依序是，正二品、從二品、正三品）。

韋夏卿風度優雅，喜歡提攜後輩才俊，很多受其栽培的人後來官至卿相，其中包括《憫農》作者李紳，時人皆佩服韋少保有知人之明。而且他學識淵博，家中藏書甚多，孟郊是他的摯友，還專門為他的靜恭宅藏書洞題詩。韋夏卿會選元稹做女婿，應是認為他在自己提攜的青年才俊中屬於鳳毛麟角，定會有大好前程。據說韋叢是讀了《會真記》以後，驚嘆於元稹的才華，願意以身相許。而元稹當初可能是想借著這樁婚事，得到向上爬升的機會。

琴瑟和諧

以韋叢的家庭背景下嫁給元稹，差不多就像仙女下凡；而年輕的元稹尚未得志，不但生活清貧，而且忙著參加科舉考試博取功名，在家裡總是兩手插在袖筒裡什麼都不做，家務全靠韋大小姐一手包辦。

韋叢雖然出身高門，卻不勢利貪婪、不嫌棄丈夫白丁之身，而是任勞任怨勤儉持家。夫妻兩人的生活雖不寬裕，卻也溫馨甜蜜。見元稹沒有光鮮的衣衫出門見客，韋叢便到處尋找好看的衣服；見有客人來訪而元稹沒錢買酒招待，韋叢就從頭髮上，拔下自己心愛的金釵遞給丈夫換錢。

元稹原本以為自己的婚姻，是一條仕途上晉升的捷徑，沒想到婚後第二年岳父韋夏卿便逝世，未來得及借上多大的光。但更讓元稹沒有想到的是，韋叢竟是這樣一位溫柔賢慧又體貼的妻子，而且家學淵源通曉詩文，和自己舉案齊眉、琴瑟和諧，真是天上掉下來的寶。婚後韋叢為元稹生了六個孩子，她也是一位非常慈愛的母親。

令人扼腕嘆息的是，他們的孩子們都不幸夭折了。古人對疾病和傷害的抵抗能力，與今天相比非常脆弱，一個孩子能長到成年需要很多運氣。接連失去六個孩子，韋叢很可能因此深受打擊而致心力交瘁，自己也在二十七歲時離開了人世。此時剛過而立之年的元稹升任監察御史，穩定寬裕的生活就要開始了，韋叢卻沒能等到這一天。

遣悲懷

我們可以想像元稹的思念、愧疚和悲傷之情是多麼難以排解。他滿懷深情的為韋叢寫下了一系列的悼亡詩，其中有非常著名的《遣悲懷三首》。第一首如下：

謝公最小偏憐女，自嫁黔婁百事乖。
顧我無衣搜藎篋，泥他沽酒拔金釵。

野蔬充膳甘長藿，落葉添薪仰古槐。
今日俸錢過十萬，與君營奠復營齋。

「謝公最小偏憐女」指的是東晉謝安最寵愛的小侄女謝道韞。謝安，字安石，有人推薦他做官，結果他上任一個多月就不想幹了，跑到東山去隱居。當時政局混亂，士大夫們都很憂慮：「安石不出，如蒼生何？」在這樣的現實需要下，謝安到了四十多歲才走下東山重新出仕，**被稱為「東山再起」**。

他的政績斐然，成為中國古代知識分子「窮則獨善其身，達則兼濟天下」的完美偶像。李白對謝安崇拜得五體投地，王安石為自己的名和謝安的字相同而沾沾自喜。

《世說新語》中記載，謝安曾在一個大雪紛飛的日子出題考校眾子侄：「你們說，可以用何物來比喻飛雪啊？」侄子謝朗答：「撒鹽空中差可擬。」準確性是有了，但是毫無美感，典型的理工科男生思維。年齡最小的侄女、文科生謝道韞出神的想了一會兒，然後笑咪咪的吟道：「未若柳絮因風起。」謝安和眾人都對這個精美的比喻拍案叫絕。

謝安的子侄們皆是芝蘭玉樹，就算最不成器的也是人中龍鳳，有書法評論說：「王右軍（王羲之）書，如謝家子弟，縱復不端正者，爽爽有一種風氣。」大家可以借此想像謝家子弟的風采；王勃《滕王閣序》裡有句「非謝家之寶樹」，就是謙虛自己不如謝家兒郎。而謝道韞在謝家寶樹中能獨擅勝場，可見其才華。

「詠絮之才」也成為後世人用來讚美文采出眾之女性的常用詞。《三字經》裡說「謝道韞，能詠吟」，指的正是此事。《紅樓夢》裡林黛玉的判詞，便是「堪憐詠絮才」。謝道韞這樣的女子，可稱得上真正的名媛，不是簡單的用一身奢侈品就能堆出來的。

謝安一心想為才高貌美的謝道韞找個好歸宿，目標就定在和自家門第相當的王羲之眾兒子裡面。王羲之的伯父王導，和謝安是東晉最傑出的兩位宰相，「舊時王謝堂前燕」說的就是曾經如日中天的這兩大家族。

有一次王羲之和三個兒子（王徽之、王操之和王獻之）一起到謝安家拜訪。徽之、操之和謝安交談了很多，而獻之只是略微寒暄幾句。等他們告辭之後，旁人請謝安品評一下王氏兄弟中哪位最優，謝安回答：「幼者最佳。」「何以知之？」「優秀的人沉默寡言，是以知之。」謝安的眼光不錯，年紀最小的王獻之果然在兄弟中成就最高。

獻之在七、八歲時學寫字，父親王羲之悄悄從他身後突然抽他手中的筆，竟然紋絲不動。王羲之甚喜：「此兒今後必得大名。」王獻之後來練字寫完十八大缸水，終於成為與父親並駕齊驅的大書法家。可惜他早與表姐郗道茂有了婚約，謝安就不能考慮他了。

據說謝安最初看上的是王羲之的第五子**王徽之**，**這位老兄最有名的故事是「乘興而來，興盡而返」**。他家住在山陰，有一天窗外大雪紛飛，漫山遍野的雪景美不勝收。王徽之一個人煮酒吟詩十分寂寞，忽然想念住在剡溪的好朋友戴逵，立即起身來一場說走就走的旅行，連夜坐小船去訪友。

船夫在暴雪嚴寒中划了一夜，累得半死不活，天剛亮才趕到戴逵門前，船夫心想總算可以好好歇息、吃頓熱菜熱飯了，哪知王徽之一聲令下，命其掉頭回家。船夫的心理瀕臨崩潰，問他原因，王徽之氣定神閒的回答：「我本是乘興而來，如今興盡而返，何必非要見戴逵呢？」飢寒交迫的船夫看著徽之欠揍的臉，心裡恨不得一拳把他打下江去。

謝安聽多了王徽之的這類蠢故事，覺得此人不太靠譜，不敢將謝道韞嫁給他，改選了王羲之的次子王凝之，不料王凝之卻更不靠譜。謝道韞出嫁後有一次回娘家探親，神態怏怏不樂，謝安看在眼裡很是奇怪，就問她：「王家是第一等的名門望族，王凝之也算是青年才俊，妳何以如此不快樂呢？」

謝道韞感嘆：「我謝家一門英才輩出。叔父輩中，除了我父親（安西將軍謝亦），還有阿大（謝安）、中郎（中郎將謝萬）；兄弟輩中，有封、胡（謝朗）、羯（謝道韞的親哥哥謝玄）、末，都是芝蘭玉樹。哪知天壤中還有王郎這樣的人啊！」謝安聽了悔之不及，但也無可奈何了（按：謝玄是淝水之戰的東晉主帥，戰勝前秦苻堅那號稱「投鞭斷流」的百萬雄兵，在此役中留下草木皆兵、風聲鶴唳兩個成語，挽救了東晉社稷，更是挽救了已經被擠壓到東南一隅的漢族文明）。

謝道韞沒有冤枉丈夫。王凝之迷信五斗米道，他的前下屬陶淵明說過「不為五斗米折腰」，可能是指不為區區官俸折腰，也可能是指不為這個神經兮兮的上司折腰。

後來五斗米道的孫恩造反，成為中國最早的海盜，到處燒殺擄掠。時任會稽太守的王凝之居然對部下說：「我已經借來神兵守護各個海港要地，而且孫恩應該知道我和他是教友，你們不必擔心。」於是他不戰、不和、不守、不走、不降，結果孫恩順利攻入城內，殺死了王凝之和他所有的兒女。

謝道韞手持兵器砍翻數賊，終因寡不敵眾被亂兵團團圍住，即使如此，她仍將只有三歲的外孫劉濤，緊緊護在懷中，毫無懼色。**殺人魔頭孫恩久聞謝道韞**是一位才華出眾的女子，今日又見她如此鎮定自若，心中頓生敬意，就這樣將他們放走了。從此謝道韞在會稽獨居，寫詩著文足不出戶，過完平靜而淒涼的餘生。

俗話說「男怕入錯行，女怕嫁錯郎」，大儒謝道韞也未能倖免。究其一生悲劇之根源，恐怕就是這場門當戶對的婚姻，實在令人痛惜。門不當、戶不對的婚姻很危險，只有門當戶對、沒有情投意合的婚姻也有危險。

元稹在《遣悲懷．其一》裡以謝道韞借指愛妻，說明韋叢的文才也一定令人驚豔。該詩的大意是：這位家世顯赫、文采斐然的千金大小姐，嫁給了我這個像黔婁一樣貧窮的人以後，凡事都不順遂。吃的是不值錢的野菜，連燒柴都得仰仗古槐的落葉。如今我已成為金領高級公務員，月薪超過十萬錢，能做的卻只有儘量為妳多準備祭品而已。而後他又寫了《遣悲懷．其二》：

昔日戲言身後意，今朝都到眼前來。
衣裳已施行看盡，針線猶存未忍開。
尚想舊情憐婢僕，也曾因夢送錢財。
誠知此恨人人有，貧賤夫妻百事哀。

元稹繼續向亡妻傾訴道：昔日妳和我在一起的時候，曾經開玩笑說到死後的安排，沒想到今天都成了殘酷的事實。妳遺留下的衣裳我不敢留著，因害怕睹物思人，大部分都已送人，只剩下幾件；妳留下的針線盒我也不忍打開。想起妳舊日關愛的僕人婢女，因妳而更加憐惜，也曾因為夢見妳的託付，而贈送錢財給她們。很多人都可能會經歷這種生離死別的遺恨，但因為妳我當年是貧賤夫妻，很多回憶更讓我倍感悲哀。

結尾這一句激起了無數人的同感，所以能夠流傳千載。元稹夫妻雖然恩愛，卻因為物質條件的貧乏，而無法讓心愛的人過得更加幸福。今天我們大多數人物質條件並不缺乏，卻不一定有這種對愛人的感恩抱愧之心了。元稹接著寫下《遣悲懷．其三》：

閒坐悲君亦自悲，百年都是幾多時。
鄧攸無子尋知命，潘岳悼亡猶費詞。
同穴窅冥何所望，他生緣會更難期。

惟將終夜長開眼，報答平生未展眉。

元稹喃喃自語道：閒坐著為妳悲傷，也為自己悲傷，人生就是活到百歲，也不過是白駒過隙。鄧攸失去兒子以後感嘆天命，美男子潘安為亡妻所寫的悼詞又臭又長。和妳同穴而葬的夙願，不知道是否能夠實現，來世再結夫妻就更難期望。現在我只有以此終夜不眠的思念，來報答當初妳一生為我的愁苦奔忙。尾聯如此情真意切，恐怕也只有真的徹夜未眠之人才可能寫出來。

滄海巫山

這三首《遣悲懷》寫得悲氣襲人，令人不禁一掬同情之淚，都已是一等一的悼亡詩。但元稹的悲傷顯然尚未盡情傾訴而出，繼續寫出了最為膾炙人口的《離思》：

曾經滄海難為水，除卻巫山不是雲。

取次花叢懶回顧，半緣修道半緣君。

就字面來解釋，意思是：因為我經歷過滄海的波瀾壯闊，再看其他的江河湖泊都不能算是水了；因為我欣賞過巫山的美麗朝雲，再看別處的水氣在空中凝結成小水珠成團飄浮，也不能算是雲了。也就是說，因為和妻子一起陶醉過巫山雲雨，再和別人在一起，也不能感到兩情相悅了。出於工作應酬的原因，我常在萬花叢中，卻片葉不沾身。一半是因為自己在清心寡欲的修道，一半是因為心裡只有妳，再也容不下別人。

此詩對愛情的滄海巫山比喻之美，千古之下無出其右者。假定詩歌的美學滿分是一百分，我個人給此詩的前兩句比興打一百二十分，因為簡直不像是人力所為，只能說一句「文章本天成，妙手偶得之」，任何評論都顯得多餘。

如果說蘇軾的《江城子．十年生死兩茫茫》是悼亡詞第一的話，《離思》可稱是悼亡詩第一。而元稹憑藉這一組詩，可排得上悼亡詩人中的第一名。韋叢只和元稹過了七年的婚姻生活，也許有人感嘆她的不幸，但我認為她還是幸運的。首先，她和元稹彼此深愛；其次，她因為這組情深意長的詩歌，而永遠留在後世讀者的心中。

以文字藝術悼念愛妻最出名的是元稹，而以行為藝術悼念愛妻最出名的則是黃藥師。黃老邪年輕時是一個不折不扣的文藝青年，從他為自己的武功絕學起的名字就知道：碧海潮生曲、蘭花拂穴手、落英神劍掌，滿滿的文藝風範。

妻子馮蘅跟他是絕配，別人看一遍《九陰真經》估計有大半的字不認識，而她看一遍就能過目不忘。人比人得死，貨比貨得扔。這兩人相知相惜，又獨占一座海外仙島，每天早上一起床推開窗，就是面朝大海春暖花開，你儂我儂，過著只羨鴛鴦不羨仙的日子。

元稹不做家務，不過一心想著科舉登第而已，但黃藥師的追求可就高多了，他的目標是打敗王重陽，搶到武功天下第一之稱號。馮蘅為了幫助丈夫奪名號，硬生生默寫《九陰真經》，結果心力交瘁、難產而亡。

馮蘅死後，黃藥師又痛又悔，十幾年捨不得讓老婆下葬入土為安；還打算人為製造一場海難，造了一艘船準備親自駛到海中，和愛妻一起海葬。他計畫中的場景是自己以玉簫吹奏《碧海潮生曲》，隨著妻子的棺木一起緩緩沉入大海。這是一幅多麼唯美的畫面啊，黃藥師是絕對的行為藝術家。

黃藥師在島上種了無數桃花，按照奇門遁甲擺成了一個深有心得的桃花陣，就連洪七公、周伯通等高強武功的人都走不出去。歐陽鋒後來更是連黃藥師的弟子陸乘風搞的一個微型桃花陣也闖不進，惱羞成怒之下只能放把火將歸雲莊連小桃花陣，燒成一片平地，間接承認「我是流氓沒文化」，沒有一點技術含量。

黃藥師將私家島嶼命名為桃花島，可見他最喜歡的便是桃花了。而唐朝詩人中有一位對桃花的深愛，可能更甚於黃藥師，他的名字叫崔護。

人面桃花

崔護，字殷功，官至嶺南節度使，生卒年不詳。從他進士及第的時間看，應該是和韓愈、白居易同時代。崔護年輕時便文采出眾，但性格內向。他跑到長安去考進士，第一次考試名落孫山，便暫住於京城等來年再戰。到了清明時節，長安城外桃花爛漫，美不勝收。崔護一個人跑去桃花最盛的都城南門外郊遊賞花，看到路邊有一座小莊園，便上前叩門。只聽一位妙齡女子從門縫裡問道：「誰呀？」聲音如出谷黃鶯，崔護心中一動，趕緊答道：「在下出城春遊，走得口乾舌燥，特來貴府上求口水喝。」

女子看崔護不像壞人，便打開門讓他進去坐下，並遞上一杯清水。在今天，若小女孩孤身在家，絕對不能開門。告訴需要幫助的人去哪找人幫忙即可。崔護見此女年方及笄（十五歲），容色清麗，靠著小桃樹安靜的站著，與盛開的桃花交相輝映，秀美不可方物，不禁看得心旌蕩漾，便故意沒話找話的逗她開口，女子卻只是默默不語。兩人相互注視了許久，崔護的一碗水早已喝得涓滴不剩，只好起身告辭。女子送他到門口，似乎很捨不得他離開。崔護也不住的回頭顧盼，最終悵然而歸。

崔護靦腆害羞，此後一年，也想不出該用什麼理由再去找這位女子。熬到第二年清明節，他實在控制不住思念之情，於是直奔城南。到了老地方一看，門庭莊園一如既往，但是大門上落著鎖。崔護等了一天也不見有人歸來，只好戀戀不捨的離去，走之前向鄰居家借了筆墨，在姑娘家門上題了一首詩，名為《題都城南莊》：

▲ 崔護對女子一見鍾情，以求水喝向女子搭訕。

去年今日此門中，人面桃花相映紅。
人面不知何處去，桃花依舊笑春風。

落款為「博陵崔護」。

話語不多的內向才子，常常借助詩歌來傳情達意。大家可能都知道這個故事，甚至在自己的青蔥歲月裡，經歷過類似「人面不知何處去，桃花依舊笑春風」的事，所以此詩能引起許多人的情感共鳴。只是你們的故事到這裡就結束了，而**崔護的故事高潮還在後面**。

過了幾天，不死心的崔護又跑到城南，想看看今天姑娘是否回家了，剛走到門外便聽見莊內的哭聲，大驚之下立刻叩門詢問。一位老人家走出來，看了他一眼，疑惑的問：「這位年輕人，你是叫崔護嗎？」崔護趕緊恭敬的回答：「正是在下。」老人家放聲大哭：「就是你害死了我的女兒啊！」崔護又驚又懼，不知該如何回答，只聽老人家邊哭邊訴說道：「我女兒小名桃花，已經成年，知書達理，尚未嫁人。自從去年清明節之後，經常若有所思、神情恍惚。前幾天我陪她外出散心，回家時看見門扇上留著你的題詩。她讀完之後就生病了，幾日間水米不進，昨日剛剛去世了。可不是你害死她的嗎？」

崔護聞言十分悲痛，請求進去一哭芳魂，老人家同意了。當他走進屋內後，只見桃花姑娘安詳的躺在靈床上，便到她身邊坐下，抬起她的頭枕在自己的腿上，流淚喃喃道：「桃花姑娘，我回來找妳了。妳快醒醒，我在這裡！我在這裡！」淚水漣漣不斷，一直流到桃花的臉上。

估計是為脫水透支的姑娘補充水分，過了半晌，桃花居然緩緩的睜開了眼睛。老父大為驚喜，當場便將女兒許配給崔護。兩人喜結連理，白頭到老。想想《精英必備的素養：全唐詩（初唐到中唐精選）》講過的韓翃，你會發現，當時很多人都是在長安考進士時，順便敲定終身大事，真是事業家庭兩不誤。

相信元稹在寫那些悼亡詩時，心中除了妻子之外，真的沒有其他人了，「馭次花叢懶回顧」。但正當壯年的他，在不久後便有了新感情。也許善良的韋叢在九泉之下，也希望自己的愛人，不要一直沉湎在哀思之中，而是開始新的生活吧。

第二十四章

誰使四位才女動心，誰讓黃巢、朱元璋動筆

元稹的續弦名裴淑，字柔之，號「河東才女」。她和韋叢一樣，是可以與元稹以詩唱和的佳人。元稹出鎮武昌時，裴夫人面有難色，元稹便寫了一首《贈柔之》勸慰她：

窮冬到鄉國，正歲別京華。
自恨風塵眼，常看遠地花。
碧幢還照曜，紅粉莫諮嗟。
嫁得浮雲婿，相隨即是家。

詩歌下有一小注：「積自會稽到京，未逾月，出鎮武昌，裴難之，積賦詩相慰，裴亦以詩答。」元稹即使出外做官，還是很在意夫人的感受，這種模範老公在古代很少見。尾聯的意思是：夫人既然嫁了躋身仕途的老公，榮辱遷貶都如浮雲般無定，妳也只能嫁雞隨雞、嫁狗隨狗，跟著我四海為家。裴淑也回贈了一首《答微之》：

侯門初擁節，御苑柳絲新。
不是悲殊命，唯愁別近親。
黃鶯遷古木，珠履從清塵。
想到千山外，滄江正暮春。

裴夫人說：令我悲傷的，不是任命你去千山之外的武昌做官，我跟隨你浪跡天涯倒也罷了，可是因此和京城裡的至親分別，才真令我哀愁啊。從他們夫婦的唱和來看，元稹應該在髮妻亡故後找到了新的慰藉。其實在個人感情生活方面，大家不用替元稹擔心，因為他除了這兩段婚姻之外，還有不少故事。

浣花箋

元稹三十一歲時，以監察御史的身分出使蜀地，有點像中紀委監察組（按：中國的監察機關，是履行國家監察職能的國家機構）到地方上視察工作。在成都，元大才子認識了唐代第一美女詩人薛濤。**薛濤有這個榮譽稱號，是因為《全唐詩》總共收錄四萬八千首詩，而她的作品收錄了八十一首**，為女詩人之冠。

她本是官宦之女，十六歲時，據說因父親犯虧空錢糧之罪，而受到牽連，被沒入樂籍（按：指將罪民、俘虜等的妻女及後代，籍入專門的賤民名冊，迫使之世代從樂，倍受社會歧視跟壓制。樂籍中人，廣泛參與傳統社會中的大部分音樂活動）成為官伎。名將韋皋當時是劍南西川節度使，聽說薛濤文采出眾，便在一次酒宴中讓她即席賦詩。薛濤接過紙筆，提筆而就《謁巫山廟》：

亂猿啼處訪高唐，路入煙霞草木香。
山色未能忘宋玉，水聲猶是哭襄王。
朝朝夜夜陽臺下，為雨為雲楚國亡。
惆悵廟前多少柳，春來空鬥畫眉長。

薛濤在此也用了宋玉所寫的楚襄王，和巫山神女的香豔典故，怪不得後來和元稹那麼有共同語言。韋皋一看薛濤有如此文才，撚鬚大喜，從此就讓她在自己身邊做文字工作，稱為「女校書」。這個工作崗位一直流傳到今天，只是名稱改成了「女祕書」。此後二十多年，薛濤和當代才子們詩歌唱答，聲名遠播。

當元稹來到成都時，薛濤已經四十一歲，**比元稹大十歲**，但她的美貌和才學立刻深深的吸引了元稹，當女人只要把自己自內而外經營打理好，年齡就不會成為愛情的問題。

此時韋叢可能尚未過世，但古代有條件的人三妻四妾乃是常見，元稹認為愛妻子和有外室並無矛盾。薛濤也對才華橫溢的元稹一見傾心，兩人熱戀纏綿，同居三個月。薛濤的《池上雙鳥》描述這段熱烈的姐弟戀：

雙棲綠池上，朝暮共飛還。
更憶將雛日，同心蓮葉間。

他們當時住在成都的合江亭，是府河和南河交匯為府南河之處，有百年好合的美好寓意，今日大多數成都青年，也會去合江亭拍婚紗照。但元稹到蜀地只是下基層出差，不久後就永遠的離開了。分手之後，他將這首《寄贈薛濤》寫在松花紙上，託人寄給她：

錦江滑膩峨嵋秀，幻出文君與薛濤。
言語巧偷鸚鵡舌，文章分得鳳凰毛。
紛紛詞客多停筆，個個公侯欲夢刀。
別後相思隔煙水，菖蒲花發五雲高。

漢代最成功的「鳳凰男（按：跟城市女生結婚的農村男生）」司馬相如，用一曲《鳳求凰》引得白富美卓文君與他私奔，後來還幫他當壚賣酒，逼父親接受既成事實。元稹此詩將薛濤與卓文君相提並論，倒是非常貼切。兩人的共同點甚多，不但是蜀中知名的才女，而且都是美女，在愛情方面，都很容易被沖昏頭，而且愛上的男人都靠不住。當然，司馬相如比元稹還是要好一些的。

此時能夠寄託薛濤相思之情的，也唯有以詩贈還了。薛濤喜歡寫四句或者八句的短詩，嫌平時供人寫詩的紙幅面太大，於是親自對成都當地的造紙工藝加以改造。她住在成都郊外浣花溪的百花潭邊，便用浣花溪水和木芙蓉的樹皮做成紙，再用芙蓉花汁將紙染成桃紅色，最後裁成精巧的窄箋，特別適合用來寫言簡意賅的情書。薛濤稱之為「浣花箋」，不過別人更喜歡稱為「薛濤箋」。她便在這箋上寫了《寄舊詩與元微之》作答元稹：

詩篇調態人皆有，細膩風光我獨知。
月夜詠花憐暗淡，雨朝題柳為欹垂。
長教碧玉藏深處，總向紅箋寫自隨。
老大不能收拾得，與君開似教男兒。

元稹從沒有想過要和薛濤結婚，因為一方面兩人年齡懸殊過大，而立之年的元稹風華正茂，即便薛濤風姿綽約，畢竟比他大十歲；另一方面薛濤是樂籍出身的風塵女子，對元稹的仕途沒有助力，只有副作用。薛濤的《柳絮》一詩顯示出她對此心知肚明，很清楚和元稹之間不過是露水情緣：

二月楊花輕復微，春風搖盪惹人衣。
他家本是無情物，一向南飛又北飛。

所以在元稹消失後，薛濤沒有太大的心理波瀾，只是脫下紅裙出家做道姑。元稹在武昌任上軍節度使一年之後病逝，她也隨之鬱鬱而終。**薛濤墓便在成都望江公園內**，有川劇票友們高亢的嗓音，和老人孩子們抽打陀螺的清脆響聲相伴，倒也不會寂寞。

望夫歌

離開四川幾年後，元稹被朝廷派到越州（今浙江紹興）擔任觀察使。聽說當時浙江一帶有位紅極一時的美女歌手，名叫劉采春，元稹又聞色心喜，慕名前去她的演唱會捧場。到了臺下遠遠一望，只見臺上劉采春和丈夫、小叔子連演帶唱，熱鬧非凡，頗像今天的東北二人轉（按：中國東北地區的走唱類曲藝、地方戲，融合東北秧歌、蓮花落、戲曲、東北民歌、笑話、雜耍等曲藝形式），似乎不登大雅之堂。戲班子見元大人來了，趕緊把他請到前排雅座。元稹近看劉采春，果然生得是容貌非凡更勝薛濤，十足的偶像派女星。

不知不覺演出到了尾聲，劉采春望見臺下元稹目不轉睛的盯著自己，更是抖擻精神，開口連唱四首自己的保留曲目《望夫歌》：

不喜秦淮水，生憎江上船。
載兒夫婿去，經歲又經年。

莫作商人婦，金釵當卜錢。
朝朝江口望，錯認幾人船。

那年離別日，只道住桐廬。
桐廬人不見，今得廣州書。

昨日勝今日，今年老去年。
黃河清有日，白髮黑無緣。

歌聲響徹雲霄，餘音繞梁三日不絕。元稹細品歌詞，竟然是一等一的詩作，沒想到劉采春還是這樣一位自寫、自導、自唱的實力派歌手，立刻成為她的超級粉絲。為了捧角兒，元稹寫下聲情並茂的《贈劉采春》：

新妝巧樣畫雙蛾，謾裹常州透額羅。
正面偷勻光滑笏，緩行輕踏破紋波。
言辭雅措風流足，舉止低回秀媚多。
更有惱人腸斷處，選詞能唱望夫歌。

元稹作為名動天下的大才子兼地方行政長官，為時年二十五歲的劉采春，寫這般的恭維詩，兩人的關係立刻突飛猛進。元稹評價劉采春「詩才雖不如濤，但容貌佚麗，非濤所能比也」。看來孔夫子說「吾未見好德如好色者」，對男人本性的了解真是透徹。

可能你覺得劉采春和大家熟悉的春哥（按：指女歌手李宇春）一樣威武，其實當年的春姐比今天的春哥要威武得多，因為她和李季蘭、薛濤、魚玄機並稱**唐朝四大女詩人**——也就是說，唐朝享國近三百年，在這其中的才女堆裡，劉采春排名能進入前四。

一共才四大才女，**元稹居然就拋棄其中兩位**，肯定讓唐朝的男人們又羨又恨，自然留不下什麼好口碑。

雖然元稹說劉采春「言辭雅措風流足」，很認可她的文采，《全唐詩》也收錄了她總共六首《望夫歌》，但仍然有人認為《望夫歌》並非劉采春的詩作，而是她將當時詩人的作品拿來配曲後演唱的。

金縷衣

與劉采春同時代的杜秋娘，她的名作《金縷衣》也存在類似的爭議。只要有女人寫出了流傳甚廣的詩歌，有些男人就要揣測她背後，是否存在一位男性詩人，儘管根本找不出是誰。他們恨不得披上哈姆雷特的衣服，高喊一聲：「弱者，你的名字是女人！（按：《王子復仇記》是莎士比亞的著名劇作，而此句是主角哈姆雷特在劇中的名言）」杜秋娘是鎮海節度使李錡的小妾，唯一傳世的作品是《金縷衣》：

勸君莫惜金縷衣，勸君惜取少年時。
花開堪折直須折，莫待無花空折枝。

《甄嬛傳》裡安陵容為引起皇帝的注意，唱的就是這首《金縷衣》。金縷衣不是金縷玉衣，很多人把這兩者搞混了。金縷玉衣是用金線將上千玉片串起來，讓皇帝和貴族死後入葬時穿的；而金縷衣是他們還活著時，身上穿的金線軟衣，造價極高，象徵著高貴的身分和地位。兩者的區別就在於：你會喜歡穿金縷衣，但不會喜歡穿金縷玉衣。這首《金縷衣》的意思是，勸人不要忙著追求看上去很美好的榮華富貴，而要珍惜當下的光陰，享受眼前的生活，否則後悔都來不及。

節度使李錡很喜歡聽美貌的杜秋娘在他身邊，為他深情的淺吟低唱這首自創歌曲，但我猜歌中的意思他根本沒聽進去，因為後來他發動叛亂，以追求更大的榮華富貴，結果身死家滅，估計也來不及後悔。杜秋娘作為罪犯家屬被沒入宮中，還好她因才貌雙全，受到了唐憲宗的寵愛。

唐憲宗死後，杜秋娘晚年被賜歸故鄉金陵，實在是萬幸的結局。杜牧經過金陵時遇見

▲ 杜秋娘總會在李錡身邊唱《金縷衣》給他聽，但後來李錡沒聽進去，跑去發動叛亂，追求富貴。

她，還為之作了一首長詩《杜秋娘詩》。那時雖然杜秋娘已經又老又窮，但能過上平靜的生活並且得以善終，已經是亂世美女最好的結局了。

前文提到崔護最愛的是桃花，而元稹最愛的花，能從他的詩歌中尋找線索：

秋叢繞舍似陶家，遍繞籬邊日漸斜。
不是花中偏愛菊，此花開盡更無花。

雖然元稹在《菊花》中說自己不是偏愛，只是因為「此花開盡更無花」的留戀，但文人的話往往經過藝術誇張，禁不起仔細推敲，菊花後面至少還有林和靖種的梅花，在等著登臺盛開呢。此詩借物詠懷，明顯是在向陶淵明和他的「採菊東籬下，悠然見南山」之句致敬，可見五柳先生確實是唐代詩人們的大眾偶像。元稹的這首菊花詩不錯，但他並非唐朝詩人中詠菊最有名的。

唐代最有名的菊花詩，出自另一位大名人黃巢之手，只是大家容易忘記這位亂世梟雄還是一位詩人。其實黃巢最初跟其他詩人一樣想考進士，循規蹈矩的走學而優則仕的路線。在唐朝敢於去考進士的人，作詩都不會很差的。但黃巢的運氣很差，或者應該說唐朝的運氣很不好，反正他是屢試不中。如果主考官知道後來的結果，可能會嚇得直接給黃巢一個狀元當算了。

洛陽紅，一種骨氣

沒能如願進入官場的黃巢，不得不踏入複雜的社會混飯吃，剛開始的職業是私鹽販子，用來練練手。隨後他轉行到自己一直夢想的職業，有人稱之為農民起義領袖，有人稱之為殺人魔王，區別在於你站在哪個立場去看。但無論你站在哪個立場，所有人對於黃巢在葬送唐朝的過程中，立下了第一大功都沒有太大異議。

至於為什麼說農民起義領袖是他的夢想職業呢？因為小學語文課本上有他的一首《題菊花》：

颯颯西風滿院栽，蕊寒香冷蝶難來。
他年我若為青帝，報與桃花一處開。

選此詩入課本的人，大概喜歡它的不落俗套、別開生面。因為其他詩人詠菊大多都是為了抒發自己品行高潔、與世無爭的情懷，黃巢卻是替菊花打抱不平，宣稱如果自己能當上傳說中司春之神青帝的話，非得讓菊花到春天去和桃花一起怒放不可。喜歡這種違反自然規律的愛好，野史傳奇中還有一位，那就是武則天。

傳說在一個大雪紛飛的冬日，武則天正在帝都長安爐火熊熊的溫暖宮殿裡飲酒作詩，喝多之後不知哪根筋搭錯了，數九寒天裡忽然想要賞花以助詩性，便揮筆寫下聖旨：

明朝遊上苑，火急報春知。
花須連夜發，莫待曉風吹。

武則天寫畢詔書，便讓宮女拿到上苑燒給花仙。百花仙子懾於此命，令花朵一夜之間齊刷刷同時綻放。唯有牡丹仙子冷笑道：「百花開放，各按節令。縱然皇帝陛下是人間極貴，又豈能逆天亂地？」第二天一早，武則天興沖沖的跑去上苑遊玩，發現**唯有牡丹抗旨不開**，不禁勃然大怒，下令將它貶到洛陽。

手下眾人心中不以為然，但也只能唯唯諾諾的將上苑牡丹盡數掘了，移植到洛陽的荒僻郊外。不料高貴冷豔的牡丹一到洛陽就昂首怒放。武則天惱羞成怒，下令將不肯屈服的牡丹燒毀。哪想到這些牡丹枝幹雖被燒焦，但到了第二年春天反而開得更加茂盛鮮豔，從此還得了一個名字，叫洛陽紅。

如果你沒有聽過這個傳說，就很難理解中國歌手蔣大為所唱的〈牡丹之歌〉，裡面有句「有人說你嬌媚，嬌媚的生命哪有這樣豐滿；有人說你富貴，哪知道你曾歷盡貧寒」，也很難理解，為什麼中國人崇尚氣節，雖然還沒有選定國花，就在流通最廣的一元硬幣之上，最先選擇牡丹圖案。不只是因為牡丹的雍容華貴、國色天香，更是因為它所代表的骨氣。

天下牡丹最佳的兩處，一處是它被貶到的東都洛陽，另一處就是黃巢的老家菏澤。說來倒也有趣，一元硬幣上的圖案，在牡丹之後就選擇了菊花，和陶淵明、元稹、黃巢的愛好一致。

黃金甲、黃巢、朱元璋

黃巢的科場失利，和在京城目睹過的晚唐吏治腐敗，使他不但有了造反的動機，也看到造反成功的希望。這首《題菊花》就是他藉以抒發自己抱負的詩作，他真正想當的，不是青帝，而是皇帝。中國古代農民起義的目的，並不需要我們後人為之戴上「進步」之類的高帽子，其實人家很樸素，就只是被腐朽的朝廷壓榨得快活不下去了，乾脆造反當強盜，甚至當皇帝，從被統治階級搖身一變為統治階級，再去壓迫別人，幾十年或者幾百年後，再腐朽到引起新一輪的造反。如此不斷重複。

如果說黃巢在《題菊花》中，填寫的職業志願還算含蓄，那麼**請看他的《不第後賦菊》**：

待到秋來九月八，我花開後百花殺。
沖天香陣透長安，滿城盡帶黃金甲。

小學語文課本不敢收錄這首殺氣騰騰的詩，但不妨礙張藝謀導演，將其詩句用作自己電影的名字。「陣」、「黃金甲」這些字眼，透出濃濃的攻戰殺伐之氣，簡直是明目張膽的反詩。唐朝看來是沒什麼文字獄，這要是發表在滿清，大概早就被高度敏感的相關部門逮捕歸案了，還能等他來造反？黃巢寫了這首詩沒有什麼惡劣後果，使得後世的宋江心存僥倖，醉酒之後在潯陽樓上寫了一首詩向黃巢致敬，結果立刻被捕：

心在山東身在吳，飄蓬江海謾嗟吁。
他時若遂凌雲志，敢笑黃巢不丈夫。

很多詩人會口頭抱怨自己不能中舉，而黃巢對此則是採取行動報復，這個用現代話來說，就是心動不如行動，也可以說是執行力強。他攻入長安後濫殺無辜、殘暴毒辣，農民起義成功進城，多數都是這樣原形畢露。

明太祖朱元璋也有一首《菊花》詩，應該是仿照黃巢所作：

百花發，我不發；我若發，都駭殺。
要與西風戰一場，遍身穿就黃金甲。

有黃巢詩作在前仿照著來寫，貧民出身的朱元璋還是寫成打油體，水準比起曾赴京趕考進士的黃巢，差了十萬八千里，有沒有讀書顯然還是有差別的。有人評論這兩首詩是同一個意思，兩位作者的志向也一樣，只是一個成王，另一個敗為寇而已。但朱元璋之所以能成功，與黃巢有個很大的不同，就是在爭奪天下的過程中，沒有像黃巢那樣濫殺無辜，以至於失去民心。

黃巢的最終結局，據官方說法是敗亡被殺，但也有傳說是他改名換姓，出家當了和尚，這一點與後來李自成的結局之謎一樣。《鹿鼎記》裡大和尚李自成，還忘不了現身和大漢奸吳三桂爭奪大美女陳圓圓，不管生存環境多惡劣，都要**時不時露出來刷存在感**。「和尚說」的依據之一，是黃巢一首頗有意思的《自題像》，大家可以體會其中的意味：

記得當年草上飛，鐵衣著盡著僧衣。
天津橋上無人識，獨倚闌干看落暉。

第二十五章

莫説元白好基友，留下名勝三遊洞

很多男人都會被罵「重色輕友」，元稹卻是反其道而行之。他對身邊的女子常常負心薄倖，卻非常珍惜白居易這個知交朋友，可稱為「重友輕色」。元稹二十五歲時報考書判拔萃科，時年三十二歲的白居易，同期參加考試，兩人同科登第，一起被授予「校書郎（按：古代官職，主要工作內容是校對文章和專門典校藏書）」之職。元白兩人從此結為詩友，交情日漸深厚。

元白之交

元和四年，元稹去東川出差路經梁州時，晚上夢見自己和白居易、李杓直（李十一）同遊曲江慈恩寺。一覺醒來，聽見屋外亭吏（按：即亭長，掌管省門開閉和通傳等事務）在大呼小叫的安排行程，他才驚悟自己已經不在長安，而是人在旅途，當時就提筆寫下這首《梁州夢》，寄給在長安的白居易：

夢君同繞曲江頭，也向慈恩院院遊。
亭吏呼人排去馬，忽驚身在古梁州。

過了幾日，元稹收到了來自白居易的一封信，心中十分訝異。因為掐指一算日子，自己的去信，應該剛剛到達白居易的手中，他怎麼可能這麼快就回信了呢？元稹趕緊拆封一看，白居易在信中寫道：「昨天我和李杓直、弟弟白行簡三人一起到曲江慈恩寺遊玩，喝酒時想起你，所以寫下了這首《同李十一醉憶元九》，並託人將它寄給旅途中的你。」全詩如下：

花時同醉破春愁，醉折花枝作酒籌。
忽憶故人天際去，計程今日到梁州。

元稹一看信末的落款日期，原來白居易去慈恩寺的日子，正是自己做夢和他們一起去遊玩的那天，不禁嘆息不已，彼此「心有靈犀一點通」，兩首詩也因此傳為千古佳話。大慈恩寺是武則天的老公唐高宗李治，為了追念其母長孫皇后的慈恩，而下令建造，所以取了這個名。該寺的第一任住持，是大名鼎鼎的如來佛弟子，金蟬子唐三藏玄奘法師，他督造寺中的大雁塔，正是為了儲藏那些從天竺帶回來的經書。

白居易帶去同遊慈恩寺的親弟弟白行簡，和兄長的名字是一副意味深長的對仗。《中庸》中有一句「君子居易以俟命」，上不怨天，下不尤人；《論語》中有一句「居敬而行簡」。居易、行簡的出處不同，卻湊成了天然絕對，看來白氏兄弟的父親為他們起名大有深意，希望兒子們都能有顆平常心。

對白居易和元稹這樣前途光明的年輕中央官員來說，彼此交個春風滿面的朋友，並沒有什麼特別。但就像劉禹錫和柳宗元的友誼一樣，白元兩人也是在患難之中，才漸漸真情盡顯的。

白居易的母親過世時，按當時的制度要丁憂辭官回家守喪三年。不能出來做官，自然沒有俸祿收入。在白居易貧病交加之時，平日的其他朋友沒人能幫上什麼大忙。這時的元稹正因和仇士良打架一事被貶江陵，也是**狀況不佳，卻固定從自己俸祿中，分一大部分來接濟白居易**的生活。

一個人在有餘力的時候幫助別人，那叫搞慈善；而在自己不寬裕時，還能幫助別人，那才叫慷慨。筆者搞過慈善，但好像還沒有慷慨過，正因筆者做不到這點，所以很欣賞元稹，不論他有多少缺點。白居易有感於元稹的真摯友誼，在元和九年寫下了這首《寄元九》：

一病經四年，親朋書信斷。
窮通合易交，自笑知何晚。
元君在荊楚，去日唯雲遠。
彼獨是何人，心如石不轉。
憂我貧病身，書來唯勸勉。
上言少愁苦，下道加餐飯。
憐君為謫吏，窮薄家貧褊。

三寄衣食資，數盈二十萬。
豈是貪衣食，感君心繾綣。
念我口中食，分君身上暖。
不因身病久，不因命多蹇。
平生親友心，豈得知深淺。

每次讀這首詩，筆者都能感覺到人之相交，貴在知心的溫暖情誼。現在有人一寫唐朝詩人之間的深情厚誼，就喜歡用「好基友」，來開玩笑的描述前人古道熱腸的友情，於古人無損，於自己卻會因此而顯得淺薄。一個知道寫詩之難，而又能寫得出神入化的人，對於能夠結識一位水準相當的知音，所產生的幸運感和惺惺相惜之念，無此胸懷的人，恐怕確實難以理解。

三遊洞

元和十年，丁憂結束後，剛恢復做官沒多久的白居易，又因為上書言事，而被貶為江州司馬，他在那裡寫下《琵琶行》。元稹當時被貶官通州，身染重病臥床不起，在半夜裡聽到摯友蒙冤被貶的消息，居然震驚得一下子從床上坐起，強撐病體，在昏暗的如豆燈火下寫出《聞樂天授江州司馬》：

殘燈無焰影幢幢，此夕聞君謫九江。
垂死病中驚坐起，暗風吹雨入寒窗。

詩中描寫周圍的景物暗淡淒涼，對好友的擔心掛念之情濃郁深厚。元稹將這首詩寄到江州以後，白居易讀了非常感慨，兩年間反覆吟誦。他寫了一封《與元微之書》，在信中將元稹原詩全文抄錄，隨後寫道：「此句他人尚不可聞，況僕心哉！至今每吟，猶惻惻耳。」元稹接到白居易從江州的來信，感動得淚流滿面，妻女見了驚慌失措，還以為出了什麼大事。元稹有感於此，又寫了一首七絕《得樂天書》：

遠信入門先有淚，妻驚女哭問何如。
尋常不省曾如此，應是江州司馬書。

元和十四年，白居易終於離開了「住近湓江地低濕，黃蘆苦竹繞宅生」的江州，升任忠州（今重慶忠縣）刺史，帶著弟弟白行簡同行赴任。想到這一路上，很可能會遇到多年未見的好友元稹，白居易心情很激動，「每到驛亭先下馬，循牆繞柱覓君詩」，看看有沒有之前元稹留下的詩句，能夠提供線索幫助兩人早日接上頭。

也許是他們的情誼感動了上天，打算幫助這對朋友見面，兩人終於在夷陵地界相會，此地便是三國時陸遜大破劉備傾國之兵的古戰場。

因為兩人赴任的路線方向相反，就算要走回頭路，元稹也堅持要在第二天送白居易一程。第三天，不忍分別的白居易也回頭送了元稹一程。兩艘船這樣在江水上來回做了一番無用功，又回到兩天前出發的地點西陵峽。也許有人覺得他們這樣可笑，但筆者覺得他們很可愛。在西陵峽口兩人決定，誰也不能再送對方，否則這樣下去明年也到不了目的地，還是吃一頓分別前最後的午餐吧。

難得重逢後又將分手的飲宴，自然是不停的勸君更盡一杯酒。野外沒有正規的洗手間，喝得肚皮鼓脹的白居易，只能往山中無人之處尋找方便之地，沒想到竟然因此發現了一處景色獨特的天然溶洞。

此洞風景絕佳，白居易、白行簡，以及元稹三人徘徊其中，從下午一直逛到夜晚都不忍離去。元稹提議道：「吾人難相逢，斯境不易得。請各賦古調詩二十韻，書於石壁。」白居易為三人之詩作了序言：「以吾三人始遊，故為三遊洞。」這就是現在**宜昌著名的景點三遊洞名字的得來**。

經過元稹和白居易的詩文推廣，此洞名聲大噪，很多文人雅士都慕名前來遊覽。到了宋朝，蘇洵、蘇軾、蘇轍父子三人出川赴京途經夷陵，也專門上岸遊覽了此洞，並各自賦詩一首題於洞中。人們將白居易、白行簡、元稹那次稱為「前三遊」，將蘇氏父子這次稱為「後三遊」，兩者皆成為三遊洞最好的名片。

商玲瓏

大概白居易和元稹的關係實在太好了，現在有人看不過眼，要給他們搞點波瀾出來，便說他倆和余杭知名歌伎商玲瓏搞三角戀，還為此鬧過不愉快。但筆者除了網上的八卦文章之外，沒有看到歷史書籍有這個說法。對歷史人物的戲說演義，如果能幫助大家了解這些人物，會是很好的調味品；但如果與人物本來的性格和關係大相徑庭，效果就適得其反。白居易和元稹的友情至死方休，不曾因為商玲瓏起過波折。

白居易在杭州做官時，很喜歡聽商玲瓏唱歌。商玲瓏所唱的流行歌曲，大都是當時詩人所寫，其中包括元白兩人的作品。白居易聽著自己年輕時的詩作，憶及昔日感嘆韶華易逝，為此作詩《醉歌》，云：

腰間紅綬繫未穩，鏡裡朱顏看已失。
玲瓏玲瓏奈老何，使君歌了汝還歌。

元稹在紹興擔任越州觀察使時，聽說商玲瓏的歌唱水準不輸劉采春，便以厚禮邀請她來紹興住一個多月，將她的拿手曲目統統欣賞一遍。當然元稹在商玲瓏的歌中，也聽到了不少自己的詩作，而其中許多都是當年寫給白居易的，想起兩人之間二十年的深情厚誼，感慨良多。當商玲瓏回杭州之時，元稹作詩為她送行，兼寄白居易，這首詩便是《重贈樂天》：

休遣玲瓏唱我詞，我詞多是寄君詩。
卻向江邊整回棹，月落潮平是去時。

元稹在武昌去世後，白居易仰天長嘆，含淚寫下禱文《祭元微之文》，對兩人多年的交情進行了總結：「金石膠漆，未足為喻。死生契闊者三十載，歌詩唱和者九百章，播於人間。」而如今，「六十衰翁，灰心血淚，引酒再奠，撫棺一呼。」悲徹骨髓之感，令人不忍卒讀。

痛失好友元稹的白居易，和痛失好友柳宗元的劉禹錫，兩位珍惜友情的老人彼此之間惺惺相惜，**有幸在晚年結成夥伴**。他倆經常詩酒唱和，還**一起跑到退休的裴度那裡，遊玩**終日，可算是老人家們的賞心樂事，也聊以讓我們這些為古人擔憂者欣慰了。白居易寫過《詠老贈夢得》，對健康狀況江河日下的無奈、對知己友情的珍惜、窮則獨善其身的人生觀都一覽無餘：

與君俱老也，自問老何如。
眼澀夜先臥，頭慵朝未梳。
有時扶杖出，盡日閉門居。
懶照新磨鏡，休看小字書。
情於故人重，跡共少年疏。
唯是閑談興，相逢尚有餘。

而劉禹錫以一首《酬樂天詠老見示》回應：

人誰不顧老，老去有誰憐？
身瘦帶頻減，髮稀冠自偏。
廢書緣惜眼，多炙為隨年。
經事還諳事，閱人如閱川。
細思皆幸矣，下此便翛然。
莫道桑榆晚，為霞尚滿天。

此詩開篇與白樂天有同病相憐之嘆，但一路讀下去，劉禹錫那種老驥伏櫪志在千里、烈士暮年壯心不已之情躍然紙上，很符合他一生中，一以貫之的樂觀積極性格，格調比之白詩明顯高了一層。

白居易作為文壇泰斗，寫墓誌銘的市場價格非常高。元稹家人**請白居易寫墓誌銘**，他自然是義不容辭。元家事後送給他的潤筆費是包括車馬、綾帛、銀鞍、玉帶等在內**價值約七十萬錢的財物，相當於州司馬一年的俸祿**，在歷史上也是很驚人的紀錄。

白居易幾次三番推辭不掉，最後只能收下，轉手又全部捐給了香山寺替元稹做功德。這篇白居易為元稹所寫的墓誌銘，如今很難找到了，不過元稹自己倒是為另一位大有名氣的人物，寫過一篇大有名氣的墓誌銘，結果引起一場熱鬧而影響深遠的筆墨官司，這就是他為杜甫寫的《唐故工部員外郎杜君墓系銘並序》。

揚杜抑李

杜甫在湖南去世後，其子杜宗武因為家貧，而無力按照父親的遺願，將骸骨遷回洛陽安葬。四十年後，杜甫的孫子杜嗣業依然窮困潦倒，但為了將祖父的靈柩送回洛陽，千里扶柩一路乞討回鄉。杜嗣業在路上遇到了元稹，便請他為杜甫寫一篇墓誌銘，潤筆費自然是沒有的，元稹慨然應允。此前由於安史之亂造成的道路阻隔，杜甫後期的精華詩作，未能廣泛傳播，而且當時的流行風氣，對於杜詩那樣沉鬱大雅的作品也缺少重視，所以時人雖然已經認為李杜是一流的詩人，但並沒有給予杜甫與他成就相當的「超一流」評價。

為了寫好這篇免費的墓誌銘，敬業的元稹仔細閱讀杜嗣業提供的杜甫詩集，驚訝的發現杜工部後期的作品，將《詩經》以來的現實主義傳統發揚到了最高峰，而現實主義正是元稹所推崇的風格，這下他算是找到了一面旗幟。

於是元稹在墓誌銘裡感嘆「至於子美，蓋所謂上薄風騷，下該沈宋，古傍蘇李，氣奪曹劉，掩顏謝之孤高，雜徐庾之流麗，盡得古今之體勢，而兼人人之所獨專矣……苟以為能所不能，無可無不可，則詩人以來，未有如子美者」，給予杜甫前所未有的高度評價，而杜甫的**「詩聖」地位，便是由元稹奠基**。

杜甫雖然描述自己「為人性僻耽佳句，語不驚人死不休」（在這一點上，他是賈島的祖師），而傷感「百年歌自苦，未見有知音」，但元稹的理解和推崇，使得他所有的辛苦，在身後都慢慢得到欣賞和認可。

墓誌銘一般都會為逝者戴高帽子，不是因為拿了人稿費，就是因為想著「人死為大」多說點好話。但元稹對杜甫的推崇，既不是拿人手短，也不是浮誇溢美，本來是一篇中肯的好文章。

可惜他犯了一個錯誤，就是捧一個人的時候，踩了另一個人作為對比。寫完上面那段讚美杜甫的話以後，元稹接著寫道：「時山東人李白，亦以奇文取稱，時人謂之『李杜』。余觀其壯浪縱恣，擺去拘束，模寫物象，及樂府歌詩，誠亦差肩於子美矣。至若鋪陳終始，排比聲韻，大或千言，次猶數百，詞氣豪邁而風調清深，屬對律切而脫棄凡近，則李尚不能歷其藩翰，況堂奧乎！」看得筆者張口結舌：雖然杜甫確實超凡入聖，但總不能說李白連杜甫的邊都摸不著吧？

如果元稹踩了李白還不算大的話，他的死黨白居易可能是唯恐天下不亂，兩年後給元稹寄了一封信《與元九書》，其中寫道：「又詩之豪者，世稱李、杜。李之作，才矣！奇矣！人不逮矣！索其風雅比興，十無一焉。杜詩最多，可傳者千餘首。至於貫穿古今，縷格律，盡工盡善，又過於李焉。然撮其《新安》、《石壕》、《潼關吏》、《蘆子關》、《花門》之章，『朱門酒肉臭，路有凍死骨』之句，亦不過十三四。杜尚如此，況不逮杜者乎？僕常痛詩道崩壞，忽忽憤發，或廢食輟寢，不量才力，欲扶起之。嗟乎！」

筆者大致翻譯一下：世人都說李杜作詩確實很跩。李白夠天才、夠奇特！這方面別人望塵莫及。但論到用《詩經》那種高雅的比興手法，十首裡面連一首都沒有（所以我贊同你說李白不如杜甫）。杜甫寫的詩最多，流傳下來的就有上千首，在題材貫穿古今、格律盡善盡美方面，比李白還強些。但是其中類似「三吏三別」這種現實主義的詩篇、「朱門酒肉臭，路有凍死骨」這種切中時弊的佳句，僅占他作品裡的三、四成而已（他的另外六、七成作品不過爾耳）。杜甫尚且如此，何況那些還不如他的詩人？詩道這樣崩壞，連李、杜這樣的前輩高人都指望不上了，還是等著痛心疾首的本人，來不自量力的扶大廈之將傾吧！

如果我們總結白居易的心路歷程，會發覺他從青年時起，就仰慕李白的才華，比如他憑弔李白墓時曾寫道「可憐荒壟窮泉骨，曾有驚天動地文」。但隨著年紀的增長，對社會的認識逐漸深刻，白居易越來越推崇以詩歌諷世，並且認為：**雖然李白才華橫溢，但他的浪漫主義詩歌卻走錯方向**，只有回到《詩經》的現實主義風格才是正道；杜甫算是花了一小部分精力走在正道上，大部分詩歌還是不靠譜。

其實白居易並非責人嚴、待己寬，他對自己年輕時代以《長恨歌》為代表的靡靡之音也不滿意，說如果將來有人替自己出詩集的話，要將所有於世道人心無補的詩歌統統刪去，因為沒有保留的價值。

李杜文章

白居易的出發點是好的，有時綺麗到讓讀者不知所謂的齊梁文風，確實是價值不高。但矯枉不可過正，白居易想把李白為首的浪漫主義詩歌派一鍋端掉，就會出問題。假如他真的成功，晚唐的李賀、李商隱也就不會名留歷史了。至於這種私人信件，最後怎麼弄得像公開信一樣人盡皆知，筆者也不清楚。總之這兩人算是聯起手來把事情徹底搞大了，而且引起了很多人跟風共鳴。這下有另一位詩文領袖看不過眼，挺身而出為李、杜奮起反擊，這位大佬便是韓愈。

韓愈非常不滿元稹和白居易，低看李白浪漫主義詩歌，也不認為杜甫的大部分詩歌是不務正業，打算寫首詩調笑一番。但因為元白二人的文壇和官場地位，都與自己不相上下，而且人家踩的是作古之人，韓愈就算再想打抱不平，也得注意禮貌，為了替死人出氣，直接攻擊活人總是不太好。他一番盤算，如果調侃元、白比較過分，那就調侃這方面和他們觀點差不多的張籍吧。自己對張籍亦師亦友，又有提攜之恩，料得張籍不會生氣。於是在白居易寫出《與元九書》的一年之內，韓愈就發表了一首長詩《調張籍》：

李杜文章在，光焰萬丈長。
不知群兒愚，那用故謗傷。
蚍蜉撼大樹，可笑不自量。
伊我生其後，舉頸遙相望。
……

題目雖然是調侃張籍，目的明顯是調侃元、白。韓愈熱情讚美李白和杜甫的詩歌成就，辛辣的調侃對李杜不以為然的人。韓愈在賈島「推敲」故事中的表現，完全是一位謙謙君子，不料冷嘲熱諷起來，也是力量十足。

張籍讀了此詩，可能覺得韓愈說得大有道理，於是態度來了個一百八十度大轉彎，洗心革面重新做人，乾脆燒了一部杜詩，將紙灰拌上蜂蜜後儲存在罐子裡，每日堅持服用，寫詩功力突飛猛進。

韓愈只比白居易大四歲，年齡差不多；兩人都是二十幾歲就考中進士，學歷差不多；兩人都是部級、副部級幹部，官位差不多；兩人都關心現實、革新詩文，文學理念差不多；韓愈和裴度、張籍、劉禹錫都很熟，白居易和這幾位也都很熟，他們應該還有很多其他的共同熟人，混的圈子差不多。但令人奇怪的是，韓愈和白居易的交往卻稀疏冷淡，沒人知道是什麼原因，只能猜測也許與這一輪爭論有關。

這場轟轟烈烈的筆墨官司，韓愈通過歷史的長河贏得了最後的勝利。時至今日，如果論到歷代詩人的排名，詩仙、詩聖始終是絕大多數人提起的前兩位，可見對於李白和杜甫的認識，**韓愈的眼光超越了白居易、元稹和同時代的人**。

元、白推崇以《詩經》為首的現實主義風格，但詩人千人千面，詩歌也應百花齊放，不能說李白為代表的浪漫主義，不符合所謂的「詩道」，更不應對杜甫沒有每首詩都憂國憂民，而求全責備。

元稹對知交白居易掏心掏肺，但對待一般人的氣量則不見得很大，比如傳說他和「詩鬼」李賀關係不佳。

第四部

晚唐，詩的最高峰——夕陽無限好

第二十六章

李賀留下的對聯，兩百年才完成

李賀，字長吉，因家居福昌昌谷（今河南洛陽宜陽縣），世稱李昌谷。他是鄭王李亮（唐高祖李淵的叔父）的後裔，並對此宗室身分甚為自豪，不過作為旁系遠支，家道早已中落。李賀比元稹小十二歲，年紀輕輕就聲名鵲起。

黑雲壓城

元稹想與李賀結識，紆尊降貴主動登門拜訪這位後起之秀。年少氣盛的李賀居然退回了元稹的名片，理由是：「明經出身的人，來看我做什麼？」李賀看不起元稹沒有進士及第，而是通過明經出身做的官，不是世人眼中的頂尖高才生。

唐朝開科取士，最重要的就是進士和明經兩科。進士考試重在詩賦，明經考試重在帖經和墨義。帖經，就是將經書任取一頁，先將左右兩邊都貼蓋住，只露出中間一行，再用紙貼住其中三個字，讓應試者將其填充完整，類似於今天考試的填空題。墨義，就是對經文的字句做簡單的筆試，類似於今天考試的閱讀理解。只要把經傳和注釋背得滾瓜爛熟，就容易通過明經考試。

但若想在詩賦考試中過關，就需要很高的文采和創造性，因為有制度的激勵，唐朝才會如此盛產詩人。進士比明經要難得多，所以有**「三十老明經，五十少進士」**的說法，意即三十歲明經及第都算大器晚成，而五十歲中進士還可算少年得志。

元稹吃了閉門羹，對此奇恥大辱當然不會善罷甘休。到李賀參加科舉考試那年，身為禮部郎中的元稹就說：「李賀的父親名叫李晉肅，晉、進同音，李賀當避父諱，不應該參加進士考試。」這下李賀一輩子都與進士無緣了。李賀恃才傲物對客人無禮當然不對，但元稹公報私仇毀了對方一生，報復得也太過分了。

這段故事的真實性一直存在爭議。第一個疑點，出身書香門第的李賀，會無禮到如此匪夷所思的地步嗎？第二個疑點，元稹的履歷中並沒有當過禮部郎中。但李賀因為避父諱而未能考取進士一事，則是確鑿無疑的。

和孟郊、賈島、張籍等人一樣，李賀早早出名也是因為同一位大眾伯樂。韓愈當國子監洛陽分校校長時，李賀捧著自己的詩集去拜訪他，這是唐朝年輕詩人走的尋常路。韓校長當時剛接待完客人感到很疲倦，回到臥室打算睡一覺，一邊寬衣解帶上床躺下，一邊接過門房呈上的李賀詩集隨手翻開，看到了其中第一篇《雁門太守行》：

黑雲壓城城欲摧，甲光向日金鱗開。
角聲滿天秋色裡，塞上燕脂凝夜紫。
半卷紅旗臨易水，霜重鼓寒聲不起。
報君黃金臺上意，提攜玉龍為君死。

僅看了第一句，韓愈就睡意全無，一點兒也不睏了，對門房一迭聲叫道：「人在哪裡？快請！快請！」立刻把剛剛脫去的外袍重新穿好，派人將李賀迎進客廳，熱情相待。聯想到顧況翻閱白居易詩集讀到「野火燒不盡，春風吹又生」時的類似反應，我們就能知道**驚豔的開場白才是好的敲門磚**。韓昌黎對李昌谷青眼有加，立刻發揚他提攜後進的優良傳統，到處為李賀做廣告。

高軒過

韓校長的學生兼好友皇甫湜（按：音同十）也是一位文章大手筆，一向眼高於頂，不相信李賀的本事有韓校長吹得那麼神，便要求借著韓愈回訪李賀的機會，陪同前去親自鑑別一下。

有個小故事很能表現出，皇甫湜是多麼以其文才自傲。裴度討平淮西叛亂後，受到皇帝的重賞，他將大部分錢財施捨給福先寺用於重修，完工後的佛寺堂皇壯觀。裴度本想寫信給白居易，請他為重建佛寺這件事寫篇碑文作為紀念。

皇甫湜此時正擔任裴度的幕僚，對此大為光火，當眾指責上司：「您的幕僚中就有才高八斗的（本人），不知您為何還要捨近求遠委託白樂天。他的文章如果跟我的相比，他是下里巴人，我是陽春白雪！難道是我冒犯了您？您為什麼容不得像我這樣高貴耿直的人呢？

我現在就向您請求辭職回家！」這番話使在座賓客都不敢相信自己的耳朵。一般下屬如果敢這麼狂傲的跟主管說話，估計是不想混了。

皇甫湜不是普通下屬，裴度也不是一般的主管，大家看前文他丟了官印之後的表現就能了解。裴大人當即微笑著表示歉意：「先生當然是大手筆。我只是怕遭到您的拒絕，所以沒敢提出。現在既然您願意撰寫這篇碑文，正是本府的初衷啊！」皇甫湜這才怒火稍退，向裴度要了一斗酒回家，一飲而盡後大筆連揮，醉意朦朧中將碑文一氣呵成，派人送給裴度。裴大人接過來一讀，發現文思奇特、用字生僻、書法怪誕，自己連斷句都斷不出，只能讚嘆道：「確是高人！」中國古文無標點符號，斷句是讀文覽章的基本功之一，韓愈《師說》裡就提到「句讀之不知」。也許皇甫湜心裡想的是：「既然白之詩連老婆婆都能聽懂，那我之文就要讓宰相都讀不出。」

裴度趕緊派人送了價值約一百萬錢的禮物到皇甫湜家。皇甫湜看了使者呈上的禮單，再次怒髮衝冠：「裴大人為什麼這樣虧待我呢？本人的文章可不是這麼便宜的大路貨（按：指市場上品質最一般的產品，非劣質品）！我除了曾為譽滿天下的顧逋翁（顧況）老先生寫過集序外，再沒為他人寫過什麼。這篇碑文大約三千字，每個字需付潤筆費三匹絹，少一匹都不行！」使者聽得又驚又氣，只得回去如實彙報。

裴度的下屬們都勃然大怒，挽起袖子準備去痛打皇甫湜一頓。裴大人搖頭笑著攔住他們：「這人真是奇才。」換成現在的話大概是說：「這人真是奇葩。」按照皇甫湜提出的稿費，裴度很快派人將九千匹絹如數送上。

運絹的車輛從裴度府衙直排到皇甫湜居住的地方，一輛接著一輛，使得洛陽城的交通都堵塞了。市民們紛紛走出家門欣賞這一奇觀。皇甫湜心安理得的站在大門口，撚鬚微笑接受自己的勞動成果，並無半點不好意思。旁邊一位母親就教育孩子道：「你看看，宰相肚裡能撐船。現在你明白為什麼裴大人能當宰相，而皇甫先生只能當幕僚了吧？」皇甫湜聽了，從鼻孔裡哼了一聲，說：「婦人之見！」袍袖一拂，施施然回屋去了。

裴度風度如此寬廣，他自己的文筆又如何呢？唐憲宗很賞識裴度，曾賜給他一條名貴的玉帶。後來裴度病重臨終前想將玉帶獻回皇上，就讓門人寫奏表，可怎麼聽都不如意。最後他乾脆叫弟子執筆，自己口述：「內府之珍，先朝所賜，既不敢將歸地下，又不合留在人間。」一聽到的人都嘆服他的文辭簡潔貼切、章法不亂。

現在這位天下奇葩皇甫湜跟著韓校長，坐馬車到李賀的寓所拜訪。李賀見兩位貴人來訪，當場作了《高軒過》一詩答謝：

華裾織翠青如蔥，金環壓轡搖玲瓏。
馬蹄隱耳聲隆隆，入門下馬氣如虹。
云是東京才子，文章鉅公。
二十八宿羅心胸，元精耿耿貫當中。

殿前作賦聲摩空，筆補造化天無功。
龐眉書客感秋蓬，誰知死草生華風。
我今垂翅附冥鴻，他日不羞蛇作龍。

中國歌手霍尊演唱的〈卷珠簾〉一度流行，但很多人不清楚歌詞中「不見高軒」的意思，「高軒」就是指韓愈和皇甫湜等人，乘坐的那種高頭大馬所拉的華貴馬車。詩中最後兩句將韓愈、皇甫湜比為高飛天空的鴻鵠，希望能得到兩位的提攜而施展抱負，同時對於自己有朝一日定能化蛇為龍非常自信。整首詩即席創作，一氣呵成，不卑不亢。

皇甫湜眼見為實，這才相信了韓愈對李賀的推崇。作此詩時，李賀年約十九歲。有人說這是李賀七歲時寫的，筆者認為可信度不高。不論七歲的小李賀多麼才華橫溢，寫詩的水準最多也就和駱賓王七歲時所寫的《詠鵝》大體相當，而且再天才的七歲兒童，也不可能寫得出「龐眉書客感秋蓬，誰知死草生華風」。

當李賀被很多人以「避父名諱」之由，而認為其不應參加進士考試時，惜才的韓愈專門寫了一篇議論文《諱辯》為他仗義執言，駁斥這種不合理看法，但依然沒能改變當時的輿論和李賀的命運，由此可見千年陋習改變之難。

奇絕無對

大家最早知道李賀，多半是透過他入選中國語文課本的《馬詩》：

大漠沙如雪，燕山月似鉤。
何當金絡腦，快走踏清秋。

詩歌的最後兩句發出疑問：什麼時候才能為這匹良馬，披上和它相配的貴重鞍具，在秋高氣爽的疆場上馳騁建功呢？李賀正是透過感嘆馬的命運，來借指自己的遠大抱負和懷才不遇，但他這匹千里馬最終也沒有用武之地。在《南園十三首．其五》裡，他再次發出仰天長嘆：

男兒何不帶吳鉤？收取關山五十州。
請君暫上凌煙閣，若個書生萬戶侯？

此詩起句昂揚激越，很多人因感到熱血勵志而喜愛。這是沒有結合李賀的境遇經歷去分析，而引起的誤解，也沒有深切注意到尾句的沉鬱哀怨。連續兩個問句，分明是詩人「百無一用是書生（按：指讀書人一無所長，除了讀書外，便無其他才能）」的自怨自艾，以及無力如班超投筆從戎的無可奈何。不過李賀在這裡屬於亂發牢騷，畢竟「凌煙閣開國二十四功臣」中的房玄齡、杜如晦、魏徵、蕭瑀等都是書生，從這裡可以看出來，人在有負面情緒時，多麼容易影響記憶力和判斷力。

李賀一生困頓，所以在詩歌中喜歡寫關於死亡、衰老的現象，而被人稱為詩鬼，和他的年紀輕輕極不般配，再沒有一位青年詩人的創作風格像他那樣悲涼。他最有名的一句詩是帶了衰、老的「衰蘭送客咸陽道，**天若有情天亦老**」，意思是別看蒼天日出月沒、光景長新，假若它和人一樣有感情的話，也照樣會衰老。

「天若有情天亦老」一出，成為很多人的大愛，文人雅士們就以此為上聯，看誰對得出絕妙下聯。但無論人們如何殫精竭慮，對出的下聯都達不到上聯的意境高度，慢慢的，大家就判定它是「奇絕無對」了。

時光荏苒，到了兩百年後的宋朝，有一次詩人們聚會歡飲，大家又聊起這個題目，座中才子石延年，開聲緩緩對出一句「**月如無恨月長圓**」。一語既出，眾人都佩服得五體投地，再也沒人繼續想別的下聯了。

善於砸釘又樂於評人的大文學家司馬光道：「李長吉歌『天若有情天亦老』，曼卿（石延年的字）對『月如無恨月長圓』，人以為勁敵。」後來有人更進一步，將李白、李賀、蘇軾、石延年的一人一句，拼成了一副對仗工整、意境悠遠的絕妙對聯：

把酒問青天，天若有情天亦老；
舉杯邀明月，月如無恨月長圓。

石破天驚

唐憲宗時期的宮廷樂師李憑，因善彈箜篌（按：音同空猴，為一種樂器名）而名動京師，顧況在《李供奉彈箜篌歌》裡，描繪他受歡迎的程度是「**天子一日一回見，王侯將相立馬迎**」，其梨園地位，甚至超越了玄宗朝的李龜年。

看來在唐朝的政治、詩歌、音樂三個方面，李氏都是獨占鰲頭的大姓。李賀非常欣賞李憑的演奏，寫下了著名的《李憑箜篌引》：

吳絲蜀桐張高秋，空山凝雲頹不流。
江娥啼竹素女愁，李憑中國彈箜篌。
昆山玉碎鳳凰叫，芙蓉泣露香蘭笑。
十二門前融冷光，二十三絲動紫皇。
女媧煉石補天處，石破天驚逗秋雨。
夢入神山教神嫗，老魚跳波瘦蛟舞。

吳質不眠倚桂樹，露腳斜飛濕寒兔。

李賀沒有按常規套路對李憑的技藝做評判，甚至都沒有描述自己聽曲的感受，而是發揮豐富的聯想：樂聲仿佛驚動江娥、素女、紫皇、神嫗、吳剛一眾神仙，調動鳳凰、老魚、瘦蛟、玉兔等動物，連芙蓉、香蘭這樣淡定的植物，都被引得悲從中來或者開懷大笑。想像天馬行空，筆法獨出心裁。讀了這首詩，就能明白李賀為什麼被歸為浪漫主義詩人。**如果蓋住作者的名字，說此詩是李白的作品，估計也會有很多人相信**。

詩中最瑰麗的想像，是樂聲將女媧煉五色石補天之處震破，灑下一天秋雨（成語石破天驚的出處）。文化大師余秋雨先生書中有言：「大量中國古代知識分子，一生最重要的現實遭遇和實踐行為，便是爭取科舉致仕。」這是將致仕當作做官來解釋。《漢語大詞典》的編委金文明先生指出，致仕一詞歷來的意思只有退休。但余大師不認錯，聲稱自己是活用此詞。金先生寫了文章《石破天驚逗秋雨》，一口氣曝了余大師的一百多處文史錯誤。

李賀逝世那年，他未來的粉絲李商隱大約只有三歲，正牙牙學語。後來李商隱為偶像寫小傳，提到李賀從小喜歡騎著毛驢，帶著小書童到處遊逛，如果偶然想到一個好句子，便立刻用筆寫下來，投入背後的破錦囊中。晚上回到家，李賀的母親令侍女將囊中紙條倒出來，每次都看見寫了很多，總要忍不住嘆氣：「這孩子寫詩如此用心，如此下去總有一天要把心都嘔出來啊！」常言道知子莫若母，李賀二十七歲便悵然離世，英年早逝，人如其詩。

▲ 李賀欣賞李憑，而寫下《李憑箜篌引》，用豐富的聯想，形容李憑的技藝連鬼神都能驚動。

不少人都認為，如果天假李賀以年，以他的天分可取得的成就，也許能與李白一較高下。

何滿子

元稹是否應該對李賀無緣科考之事負責，還是一段疑案，他又成了張祜（按：音同護）被壓制一案的嫌疑人，麻煩公案纏身。張祜出身名門望族，人稱張公子，是杜牧非常推崇的詩人，為我們留下了許多膾炙人口的名句，大家最早接觸到的可能是《宮詞》：

故國三千里，深宮二十年。
一聲何滿子，雙淚落君前。

區區二十個字，深刻揭示深宮女子悲慘的內心世界。詩成之後不脛而走，甚至流入禁宮，心有戚戚焉的宮女們紛紛含淚傳唱。

唐武宗疾重難治之時，詢問病榻前心愛的孟才人（按：唐武宗的妃嬪，因歌藝雙絕而被寵幸）：「朕將不久於人世，妳之後怎樣打算的呢？」這和《精英必備的素養：全唐詩（初唐到中唐精選）》提到唐太宗問武才人的問題一樣，其實就是想讓孟才人殉葬陪自己走黃泉路。看樣子唐武宗不但要獨霸沒有生命的《楓橋夜泊》詩碑，還想把有生命的孟才人也獨霸至死。

孟才人流淚道：「臣妾情願自盡，到九泉之下繼續侍奉陛下。現在就讓臣妾為陛下獻上最後一曲吧。」於是開口唱道：「故國啊……三千里，深宮啊……二十年……」剛唱到第三句「一聲何滿子」，自憐身世悲從中來之情竟然不可抑制，驀地悄無聲息。唐武宗趕緊令侍女查看，色藝雙絕的孟才人已然腸斷氣絕，香消玉殞。

張祜聽說此事後感傷不已，寫了一首《孟才人嘆》為之憑弔：

偶因歌態詠嬌顰，傳唱宮中十二春。
卻為一聲何滿子，下泉須弔舊才人。

詩中所提的「何滿子」，乃是當時的一首流行歌曲，曲調極其哀怨。白居易的《聽歌六絕句》中如此介紹：

世傳滿子是人名，臨就刑時曲始成。
一曲四詩歌八疊，從頭便是斷腸聲。

並且進行了注解，大意是：開元年間滄州有歌者名叫何滿，因犯罪判了死刑，他知道當今天子喜愛音律，所以獻上此曲請求贖死，然而唐玄宗沒有同意。在元稹的一首詩中則說，何滿的這個請求成功了。元、白兩人同處一個時代，還是至交好友，理應見聞相同，但對這件事情的紀錄卻截然相反，可見在漫漫歷史長河中，沙裡淘金尋求真相是多麼困難的事情。如果唐玄宗真的同意何滿以曲免死的請求，說明他已經從勵精圖治的前半生，開始轉入玩物喪志、以愛廢法的後半生。

第二十七章

唐衰，強盜都比執政者憐才

《宮詞》一詩使得張祜聲名鵲起，但後來也正是此詩使得他一生鬱鬱不得志，真是讓人始料未及。

宰相令狐楚愛惜張祜之才，便向皇帝極力推薦說這樣的才子名士，應當委以重任。當張祜意氣風發的來到帝都長安後，皇帝召來文壇領袖之一的元稹問道：「以愛卿看來，寫《宮詞》的張祜才能如何？」元稹淡淡的回答：「這種詩屬於雕蟲小技，壯夫恥而不為。如果陛下對其獎勵提拔，恐怕於風化無益。」皇帝想想也是，不禁微微點頭：此詩揭露了宮女的痛苦生活，良家女子讀了都嚇得半死，以後誰還願意入宮呢？

於是名滿天下的張祜只好寂寞而歸，還寫了兩句詩自嘲：「賀知章口徒勞說，孟浩然身更不疑。」意即就算有賀知章這樣的伯樂，推薦得口乾舌燥也是徒勞，自己就是孟浩然一樣白丁終身的命運。

兩雄相爭，兩百年後翻案

張祜，字乘吉，比元稹小六歲，比李賀李長吉大六歲。看樣子元稹對字中帶「吉」的人而言，都是一塊很不吉利的攔路石。張祜的好友杜牧對此憤憤不平，作《酬張祜處士見寄長句四韻》一詩來安慰他：

七子論詩誰似公，曹劉須在指揮中。
薦衡昔日知文舉，乞火無人作蒯通。
北極樓臺長掛夢，西江波浪遠吞空。
可憐故國三千里，虛唱歌詞滿六宮。

杜牧稱讚張祜的文學才能超過建安七子，政治才能可以指揮曹操、劉備，雖然寫出了「故國三千里」這樣六宮傳唱的佳作，可惜沒有遇到孔融、蒯通那樣的舉薦人，所以為國效力的理想成了空夢。雖然，張祜和建安七子確實可以相比，但和曹、劉就完全沒有可比性了，有時文人之間的互相吹捧，著實讓人瞠目結舌。

除了令狐楚和杜牧，欣賞張祜的還有大名士白居易。《精英必備的素養：全唐詩（初唐到中唐精選）》提到王維的《觀獵》是千古名篇，但白居易說若用張祜的《觀魏博何相公獵》與之相較，自己不敢評定伯仲，意思是兩詩完全可以並駕齊驅。張祜詩如下：

曉出禁城東，分圍淺草中。
紅旗開向日，白馬驟迎風。
背手抽金鏃，翻身控角弓。
萬人齊指處，一雁落寒空。

全詩動感十足，使人如同身臨其境。尾聯在整個場面的最高潮處戛然而止，讀者彷彿能聽見上萬人的齊聲喝彩，不禁熱血沸騰。筆者**甚至認為張祜詩比王維詩更勝**，尤其是這個收尾妙不可言。

按唐代的科舉制度，各州縣選拔士子進貢京師，參加由禮部主持的進士考試，稱為「會試」。白居易時任杭州刺史，張祜便請他貢舉自己為杭州賽區第一，沒想到正好遇上另一位才子徐凝，也跑來請白刺史舉薦自己。

仔細比較後，白居易評判徐凝的《廬山瀑布》為最佳：

虛空落泉千仞直，雷奔入江不暫息。
今古長如白練飛，一條界破青山色。

大家可能會覺得奇怪，有李白奔放空靈的「飛流直下三千尺，疑是銀河落九天」在前，徐凝這首詩縱然好，也不值得白居易如此推崇。但如果知道之前元稹、白居易和韓愈關於「李杜」的筆墨官司，就能明白白居易並非像我們今天這般崇拜李白。張祜、徐凝兩雄相爭，確實讓白刺史好生為難，長嘆一聲道：「論比較你們兩位的詩歌，就像廉頗和白起在狹小的鼠穴中相鬥，勝負只在於一戰之間啊！」

秦國的白起、王翦和趙國的廉頗、李牧，號稱戰國四大名將。白起是四大名將之首，曾在伊闕之戰大破魏韓聯軍；攻陷楚國國都郢城；最著名的是在長平之戰後期，重創紙上談兵的趙括所率領的趙國四十萬主力；一生奪城逾百，殺敵百萬，可謂百戰百勝，為秦國統一中國立下了不世之功，被封為武安君。

廉頗曾為趙國大破齊國；屢敗強秦；長平之戰前期成功抵禦秦軍，使得秦國不得不用反間計誘騙趙國換上趙括為帥；長平之戰後，率領趙國殘兵還能擊退燕國趁人之危的入侵，斬殺敵帥栗腹，逼得燕國割地求和，被封為信平君。

這兩位都是常勝將軍，有趣的是他們生活在同一時代，卻從未有機會正面交鋒。在白居易的心目中，徐凝的《廬山瀑布》不輸詩仙李白的《望廬山瀑布》，張祜的《觀魏博何相公獵》不輸詩佛王維的《觀獵》，兩人如今同堂爭勝，就像廉頗、白起兩位不敗名將狹路相逢於鼠穴之中，不得不一決雌雄。這個比喻既有惜才之意，又不失為難得一見的盛事。

白居易將徐凝推為杭州第一、張祜名列第二，這讓名氣比徐凝更大的張祜非常難堪，也使得杜牧再次發飆，又寫了一首《登九峰樓寄張祜》來為好友打抱不平：

百感衷來不自由，角聲孤起夕陽樓。
碧山終日思無盡，芳草何年恨即休？
睫在眼前長不見，道非身外更何求。
誰人得似張公子，千首詩輕萬戶侯？

「睫在眼前長不見」，調侃白居易沒有識張祜之明；「千首詩輕萬戶侯」，就是說張祜的詩歌成就分量，比當官封侯要重得多。那時白居易早已是文壇領袖，杜牧不過是後生晚輩，就算他認為張祜強過徐凝也沒啥用。但是過了兩百多年後，杜牧得到一位超一流盟友的支持，使得這場爭論的天平徹底傾斜過來。最喜歡品評唐朝詩人的蘇軾寫了一首《戲徐凝瀑布詩》：

帝遣銀河一派垂，古來唯有謫仙詞。
飛流濺沫知多少，不與徐凝洗惡詩。

以蘇軾的成就和眼光評價「郊寒島瘦、元輕白俗」，事後都成了定論。現在他說徐凝的《廬山瀑布》和謫仙李白的《望廬山瀑布》根本不在一個檔次，簡直就是「惡詩」，這下搞得徐詩徹底掛掉，宋朝以後再沒有什麼人來為其翻案。

蘇軾窮追猛打，又寫下「不識廬山真面目，只緣身在此山中」的佳句，以至於我們今天只要談起關於廬山的詩詞，肯定是李白和蘇軾這兩位千年一遇大才子的名篇，幾乎沒有人想起徐凝還有一首被白居易評為超越「故國三千里」的作品。

這場跨越唐宋的論戰，張祜和杜牧在強大友軍蘇軾的幫助下，終於完勝徐凝和白居易。

明月無賴

徐凝當時在白居易眼中勝過張祜，並不意味著從此就能一帆風順。他後來到長安求取功名，因為不願意拜謁顯貴炫耀才華，多年來一無所獲，最終決意放棄在仕途上的努力。南歸前徐凝寫了一首七絕作別韓愈：

一生所遇惟元白，天下無人重布衣。
欲別朱門淚先盡，白頭遊子白身歸。

此詩感激元、白，卻未致謝韓愈，可能是因為韓愈並未像推薦張籍、孟郊、賈島、李賀那樣推薦徐凝。聯想到韓愈和元、白之間微妙的關係，莫非韓愈不再賞識已經被元、白賞識的人？

徐凝回到江南後寫出真正的名篇，證明他的實力絕不僅限於《廬山瀑布》而已。這首《憶揚州》是如此風流蘊藉，讓不少人**誤以為是最愛揚州的杜牧所作**：

蕭娘臉薄難勝淚，桃葉眉尖易覺愁。
天下三分明月夜，兩分無賴是揚州。

關於「無賴」二字的解釋，向來沒有定論。有人認為是要表達揚州的明月頑皮可愛，後來宋朝王安石有句「春色惱人眠不得，月移花影上闌干」，就是走的同一路線，**「春色惱人」與「明月無賴」**，正好湊成一副不甚工整、卻有相似嬌嗔意境的趣對。也有人認為是要表達，揚州無賴的獨占天下明月三分之二的光輝，類似謝靈運的「天下才有一石，曹子建獨占八斗」。無論採用哪種解釋，詩句都顯得妙趣橫生，而且這種眾說紛紜反而更加吸引人。如果從全詩來看，憶的其實不是揚州，而是揚州的蕭娘。但「明月無賴」一出，震驚天下，讓讀者都將揚州的明月當做主角，而忘了詩歌的真正主角蕭娘。

徐凝的夢中女子並不見得姓蕭，因為自南朝以來，詩詞中男子所戀的女子，常被稱為蕭娘；反之，詩詞中女子所戀的男子，常被稱為蕭郎。整個詩詞史上最有名的「蕭郎」也不姓蕭，而是唐朝秀才崔郊。

侯門深如海，蕭郎是路人

崔郊與韋應物、顧況生活在同一時代。他年輕時曾借住在襄樊的姑母家裡，與家中一名美麗的婢女互生愛慕之情，於是私定終身。但姑母由於家境不好，將婢女賣給了高官于頔（按：音同敵）。于頔非常喜歡這名女子，為之付了四十萬錢，買回家後也是倍加寵愛。

崔郊對戀人思念不已，經常跑到於府門外探頭探腦，盼望能偶然再見伊人一面聊訴衷腸。今天去看，沒有人出來；明天去看，還是沒有人出來，但心存僥倖的崔秀才每天都到府門外報到。

到了寒食節那天，女子終於找到機會出門，一抬頭就看見，一直在府門外不遠處一棵柳樹下苦等的崔郊。兩人執手相對，竟無語凝噎。崔郊默默的向戀人展示早就在衣袖上寫好的一首詩：

公子王孫逐後塵，綠珠垂淚滴羅巾。
侯門一入深如海，從此蕭郎是路人。

女子看了，將衣袖緊緊捏在手心，泣不成聲，崔郊便撕下衣袖相贈。女子回家後，這只衣袖沒有收藏得妥當，被于頔偶然看到，經不住一番追問，只好和盤托出。于頔立刻差人將崔郊召來府上。

崔秀才提心吊膽，但又不敢逃跑，只好硬著頭皮來拜見，心想這次恐怕難逃一頓毒打。不料于頔熱情的握著他的手說：「四十萬是一筆小錢，怎能抵得上先生這首『侯門一入深似海，從此蕭郎是路人』的佳作呢？你和此女既有前約，應該早些寫信告訴我啊。」隨後讓兩個有情人一同歸去，並且贈送很豐厚的妝奩（按：音同裝連，即嫁妝），成就這段姻緣，後傳為詩壇佳話。于頔如此欣賞詩人崔郊並不意外，茶文學開創者、詩僧皎然出詩集，就是請老友于頔作的序。

題金陵渡

話說張祜當年敗給徐凝科場失意後，便如孟浩然一樣浪跡江湖走天涯。塞翁失馬焉知非福，他因此寫下客愁詩歌中的傑作《題金陵渡》：

金陵津渡小山樓，一宿行人自可愁。
潮落夜江斜月裡，兩三星火是瓜州。

讀者可以掩卷想像「兩三星火是瓜州」的蒼涼意境，完全不輸給張繼的「月落烏啼霜滿天」，也不輸於馬致遠的「小橋流水人家」，不輸崔顥的「日暮鄉關何處是」，而且鏡頭感猶有過之。

即使是沒有充分認可他的元、白兩人，在他們自己的作品中，也並無此客愁佳句。明朝小說家吳承恩，可能很喜歡這首詩，因為《西遊記》中孫悟空的啟蒙老師菩提老祖，所住的地方就叫「靈臺方寸山斜月三星洞」。斜月三星乃是一個「心」字，靈臺、方寸也都是心的意思。

張祜能寫出這樣的千古名句，自然狠下了一番功夫。在苦吟煉字之時，老婆孩子叫他也絕對不會搭理。如果因此受到埋怨，他便不屑的回答：「我正在口中生花呢，哪顧得上你們這些雞毛蒜皮的小事？」就這樣熬出得意之作《題金陵渡》之後，他忍不住立刻拿去向朋友李涉展示炫耀一番。

李涉曾經擔任國子監博士，這個「博士」指是國立中央大學的教授，可不是「博士生」。李博士一讀此詩，果然非常喜歡，乾脆抄錄下來釘在書房牆上，反覆吟誦「兩三星火是瓜州」之句，還寫了一首《岳陽別張祜》進行詩人朋友之間，正能量的互相奉承，其中有句「新釘張生一首詩，自餘吟著皆無味。策馬前途須努力，莫學龍鍾虛嘆息」，非常自我勵志。

偷得浮生半日閒

後來李博士因為得罪權貴被流放到鎮江，每日憂國憂民、悶悶不樂。李涉被公務文書等工作累得筋疲力盡，於是在春季的某天爬上南山，在鶴林寺中與方丈大師天南海北的聊了兩個時辰，終於暫且清閒半日。臨走時要來筆墨，在牆上留下一首《題鶴林寺僧舍》，以表示對於方丈陪聊的感謝：

終日昏昏醉夢間，忽聞春盡強登山。
因過竹院逢僧話，偷得浮生半日閒。

有的版本將最後一句寫作「又得浮生半日閒」，但個人認為「偷」字更妙一些，能表現出作者主動尋找快樂、從容樂觀的人生態度。現代人工作緊張，生活忙碌，所以非常享受難得的旅遊休閒時光。

當你在朋友圈（按：指騰訊微信上的社交功能）裡晒旅遊照片時，建議標題用「偷得浮生半日閒」，第一能顯出自己是成功人士，因為平時很忙；第二能顯出自己是土豪，因為有錢旅遊；第三能顯出自己很有文化，因為能背唐詩。這樣一定能成功的拉來仇恨。

傳說後世有位讀書人登山遊玩，在清山秀水之中恰遇一座莊嚴肅穆的古寺。書生想起李涉當年的故事，不禁興致大發邁步入寺，也想附庸風雅的找位高僧談論一番。不料寺中住持言辭枯燥、俗不可耐，書生後悔不及，勉強應酬一陣後終於忍不住告辭。住持大師又堅持請他留首詩好讓寺壁生輝。對著面目乏味的大師，書生絞盡腦汁也想不出什麼溢美之詞，無奈之下只好將李涉之詩照錄一遍，不過稍微調了一下順序：

偷得浮生半日閒，忽聞春盡強登山。
因過竹院逢僧話，終日昏昏醉夢間。

江上豪客

唐朝經歷安史之亂後，國勢已經走下坡，很多地方盜賊橫行。有一次，李涉孤身到了安慶小村井欄砂，打算從這裡乘小舟橫渡長江。正是月黑殺人夜、風高放火天，李涉搭乘的小船不出意外的被強盜的幾艘快船包圍。李涉手無縛雞之力，根本不指望反抗或者逃脫，但能破財保命就很好了。無奈阮囊羞澀，恐怕強盜老爺一怒之下，連自己的小命也難保。只聽對面快船上小嘍囉厲聲喝問：「張老大，今天你船上載的是何人？」船夫張老大嚇得直哆嗦：「李……李博士也。」

強盜頭子是一位狀貌魁梧的大鬍子，一聽居然來了興趣：「是哪位李博士？」李涉只好揚聲答道：「在下李涉，曾任國子監博士。」結果對方聽了他的名字，竟然哈哈大笑起來：「若是李涉博士，俺知道國子監是清水衙門，就不借用您的錢財了，估計還不夠塞我們的牙縫。久聞博士大名，只願為俺寫一首詩就足矣。若是寫得好，俺自當恭送博士一程；若是寫得不好，可見博士徒有虛名，就把你丟下江裡餵魚！」

李涉聞言，心想：要錢本人沒有，要詩有何難哉？在船上來回踱了幾步，便已胸有成竹。當即取出紙筆，一邊筆走龍蛇，一邊朗聲吟出了這首《井欄砂宿遇夜客》，在深夜寂靜的長江上悠悠迴蕩：

暮雨瀟瀟江上村，綠林豪客夜知聞。
他時不用逃名姓，世上如今半是君。

詩句用字淺顯，讓強盜嘍囉們都能聽得懂，卻又不失優雅。在這樣充滿壓力的環境中即興寫出，足證李涉的急智不輸才高八斗的曹植。大鬍子一聽喜不自勝，當即命人端著兩盤熟牛肉及一罈好酒，跟著自己送到李涉的小舟上。

大鬍子拿起剛剛寫好的詩稿，看得愛不釋手，親密的拍著李涉的肩頭連聲問：「博士一路盤纏帶得夠嗎？這些太少了，我再贈送您一些，窮家富路嘛！前面還有其他道上的兄弟在恭候，只怕您不能平安到達。拿著我混江龍這塊權杖，遇上麻煩就亮出來，包您一路無事，比安慶知府的介紹信還有用！」李涉卻之不恭，只好統統笑納了。混江龍目送李涉的小舟漸漸遠去，才率領手下兄弟們拱手躬身施禮而別。

李涉詩中如實的描繪出，唐朝當時盜賊蜂起的嚴峻現實，詩風卻詼諧幽默，甚至潛藏了一絲溫暖的同情在其中，確是佳作；而且看得出作者性格溫厚，令人喜愛。這件趣聞生動的反映唐代詩人在社會上普遍受到尊重，而且再次展現詩歌在日常生活中，是何等有用，甚至**可以救命**。此詩的最可貴之處，在於其中蘊藏的現實感慨：強盜之輩尚且憐才，執政者卻**讓李涉這樣懷瑾握瑜的人物，浪跡江湖不得其所，國家的衰落不是意料之中的嗎？**

▲李涉用詩征服江上大盜，不但沒被搶，還讓強盜自願掏出銀兩給李涉當旅費。

第二十八章

作《阿房宮賦》及第，杜牧落得秋夕嘆花

張祜遊歷了祖國的大好河山之後，覺得自己人生最理想的歸宿，就是死在楊州、葬在揚州，所以寫了《縱遊淮南》一詩，來表達這個美好的願望：

十里長街市井連，月明橋上看神仙。
人生只合揚州死，禪智山光好墓田。

很多古人講究避諱，不願意談及自己的死亡，張祜這麼興高采烈的談論將來的埋骨之地，可見是位豁達之士，深得我心。難得的是他將死亡和埋葬寫入詩中，還能寫得如此具有美感。禪智山因禪智寺而得名，就是韋小寶看芍藥花，被和尚們趕出來的那座寺廟。據說禪智寺最早是隋煬帝到揚州看瓊花時的行宮，風景一流。楊廣最終在這座行宮裡，被隋末武將宇文化及逼得自縊而死（也有說法是被縊死），禪智寺就成了隋煬帝的墓地。

張祜此詩現在已成為讚美揚州的名篇，為這座城市增光添彩不少。一個城市有多大吸引力，文化底蘊是非常重要的，揚州在這方面家底豐厚，令大多數城市豔羨不已。

阿房宮賦

和張祜一樣深愛揚州、甚至結緣更深的，是多次為他打抱不平，且名氣更大的杜牧。

杜牧，字牧之，比張祜小十八歲，兩人可算是忘年交。在評價張祜時，杜牧的眼光勝過元、白。杜牧比杜甫晚出生約九十年，所以人稱其為「小杜」，順帶一提，很多人喜歡小杜甚至超過老杜。

雖然不易看出杜甫和杜牧之間的親戚源流，但兩人家譜上都是晉初名將杜預的後人，所以算是遠親。杜牧的爺爺杜佑是中唐名相，所以小杜對自己的家世非常自豪。在寫給小侄子的一首勉勵詩中，杜牧說咱們家族可是「舊第開朱門，長安城中央。第中無一物，萬卷書滿堂」。杜家祖屋在帝都的黃金地段，但並非堆滿黃金的暴發戶，而是堆滿古籍的書香門第。

當時的皇帝是唐敬宗李湛，這位十五、十六歲即位的少年天子，只知道聲色犬馬，每天都睡到日上三竿才上早朝。有一天大臣們一直等到中午，也不見皇帝的影子，就算御史大夫劉棲楚磕頭苦諫，也毫無效果。

唐敬宗還大建宮室、遊樂無度，即位第二年就想去驪山旅遊度假。大臣們怕勞民傷財，都極力勸阻道：「自從周幽王以來，凡是遊幸驪山的帝王都沒啥好下場。吞併六國的秦始皇葬在驪山，強大的國家二世而亡；本朝盛極一時的玄宗皇帝在驪山修行宮，沒過多久安祿山就造反，玄宗不得不遠遁四川。陛下千萬要以史為鑑啊！」不料正處於青春逆反期的唐敬宗，聽了之後更有興趣：「驪山這麼凶惡啊？太好玩了！朕應當去一趟來驗證你們的話。」越不讓去就越要去，他丟開囉嗦的老臣們，義無反顧、興沖沖的前往驪山。

後來敬宗又想去東都洛陽遊覽，此時是裴度當政，便不加勸阻，而是說道：「去洛陽玩？這主意果然是極好的！但是東都有九十年未曾接待過御駕了，宮室凋零、沿途荒廢，應該先派人去好好修葺一番，才能配得上天子出行。」敬宗一聽，既不能來一場說走就走的旅行，還要等著修繕東都，那麼麻煩，一擺手不去了。

敬宗驪山之行的鬧劇聞於朝野，小杜聽說後便寫下《阿房宮賦》，借秦朝因為驕奢淫逸，而迅速敗亡的教訓，諷諫唐敬宗：「秦人不暇自哀，而後人哀之。後人哀之而不鑑之，亦使後人而復哀後人也！」時年小杜二十三歲，如此深刻的歷史眼光，竟出於如此年輕人之手，不能不令人對那個天才輩出的時代心馳神往。

但唐敬宗很有可能根本沒看到這篇文章，或者看到了也完全不在意，我行我素繼續他的各種娛樂事業，結果登基短短兩、三年，就死在親信宦官的手中。真是不聽老人言，吃虧在眼前。

說到男性的逆反心理，也一個很有意思的話題。五歲的男孩覺得父親無所不能，十五歲的男孩覺得父親不過爾耳，二十五歲的男孩覺得父親一無是處，三十五歲的男人覺得父親頗為明智，四十五歲的男人覺得自己就是父親當年。所以男人往往到了中年以後，才變得越來越體貼長輩。

小杜二十六歲時去洛陽參加進士考試，那年的考官是吏部侍郎崔郾（按：音同眼）。崔郾啟程前往東都那天，一眾官員都到長安城外為他餞行。酒席進行到一半，只見太學博士吳武陵騎著瘦驢施施然到來。吳武陵是柳宗元的好友，曾與他在永州同事數年，交往甚密。

物以類聚、人以群分，吳博士也是一位德高望重的君子。崔郾見吳老親自前來，喜出望外，趕緊離席施禮迎接：「哎呀，勞動吳公親自前來，下官怎麼敢當？」

吳武陵笑咪咪的說：「崔大人擔當了為聖明天子選拔國家棟梁的重任，老夫怎敢不盡點綿薄之力來推薦人才呢？前幾日老夫偶然看到幾位太學生，正在讀一篇文章，讀得眉飛色舞。好奇一看，原來是一位青年才子杜牧所寫的《阿房宮賦》。那文章寫得可謂高屋建瓴、縱橫捭闔，實在是皇上的輔弼之才啊。侍郎恐怕還沒有閒暇讀過這篇文章，不如讓老夫為您誦讀一遍吧。」說完，也不管崔郾是否感興趣，吳武陵就從袖中掏出一篇《阿房宮賦》的文稿，搖頭晃腦的唸了起來：「六王畢，四海一，蜀山兀，阿房出……」聲韻鏗鏘，抑揚頓挫。

一向以識才著稱的崔郾越聽越喜歡，乾脆將吳武陵手中的文稿抽過來，自己仔細吟誦，不禁讚不絕口。吳武陵趁熱打鐵的請求道：「崔侍郎，您便將杜牧列為今科狀元如何？」崔郾一聽，心想這才是您老今天的來意啊，趕緊搖頭：「恕下官難以從命，狀元已有人選了。」吳武陵接著問：「狀元不行的話，那就第二名？」崔郾還是搖頭：「第二名也已定下了。」老吳繼續討價還價：「那至少也是前五名吧？」崔郾還在猶豫，吳武陵氣噗噗的伸手欲取回文稿：「今科是什麼好年景，居然能找出五個比杜牧還有才的考生！既然這樣，便請大人將這篇賦還給我，自己去讓那前五名各寫一篇好了！」崔郾哪裡捨得，連忙應聲說：「就按吳公的推薦還不行嗎？這篇文章還是留給下官再欣賞幾日吧。」說著，趕緊將文稿藏入自己袖中。吳武陵哈哈大笑，滿意的與崔郾施禮而別。

崔鄲回到席上，對在座眾人笑道：「剛才吳博士給下官推薦了今科第五名進士。」眾人無不好奇：「吳博士平時從不受人請託啊。他推薦的是誰？」崔鄲回答：「杜牧。」席中立刻有人嘀咕道：「杜牧這人才氣是比較高，只是聽說品行不太好，喜歡出入風月場所，不遵守中央政策。」崔鄲搖頭道：「我剛讀他所做的《阿房宮賦》，便知其憂國憂民。以四海之大為己任者，往往不拘小節。況且我已經親口應許吳博士，君子一諾千金，也不能再更改了。」就這樣，杜牧二十六歲時便進士及第。

綠葉成蔭，尋芳已遲

和好友張祜以《宮詞》聞名天下一樣，杜牧詩中最早出名的也是一首宮怨詩《秋夕》：

銀燭秋光冷畫屏，輕羅小扇撲流螢。
天階夜色涼如水，坐看牽牛織女星。

許多人初讀此詩時以為是閨怨，要細品才會發現原來是宮怨。「輕羅小扇」讓我們聯想起班婕妤和王昌齡的團扇，暗示了詩中宮女不被寵幸的命運。秋天的夜晚寒意襲人，本該到了進屋歇息的時間，可她依然百無聊賴的坐在皇宮中的石階（所以叫「天階」）上，眺望著銀河兩旁的牽牛星和織女星，滿懷心事卻無人可以訴說。

杜牧曾在《阿房宮賦》裡描述其中的宮女：「一肌一容，盡態極妍，縵立遠視，而望幸焉。有不得見者三十六年。」而《秋夕》中的這位宮女，顯然會想到，自己縱願與有情人如牛郎織女般每年僅有一夕之會，也是無法實現的奢望。現實中眾多深宮女性註定孤獨終身的命運，比傳說中的牛郎織女更加淒涼。

小杜進士及第後，先當了弘文館的校書郎，不久到盛產宣紙的宣州，為宣歙（按：音同射）觀察使沈傳師做幕僚。韓愈為紀念好友柳宗元被貶為柳州刺史時所做的政績，而寫下的《柳州羅池廟碑》，就是請沈傳師寫的楷書。小杜聽說離宣州不遠的湖州美女如雲，便專門請假跑去遊玩。湖州崔刺史素聞他的大名，於是盛情款待。小杜為人從不假客氣，酒足飯飽之後便直說來意：「在下久聞湖州出美女，所以專程前來，想在貴寶地結成一門親事。」

崔刺史笑道：「本府久聞牧之風流大名，沒想到還如此直接爽快，甚好！若想在我偌大湖州尋一中意女子，有何難哉？」他派人去將湖州待字閨中的名媛，輪流請來府上做客，讓小杜在暗中挑選。哪知小杜閱盡春色後，頗為遺憾的評論道：「這些女子美則美矣，但似乎還不夠盡善盡美。不知能否麻煩刺史大人在江邊舉行一次龍舟競渡，號召全湖州的人都來觀看？到時候在下沿著江邊緩緩泛舟，在人群中細細尋找，或許能找到中意的女子。」

大家都曉得龍舟競渡是一年一度的端午節，才舉行以紀念屈原的高尚娛樂，這非年非節的時候搞龍舟，僅僅是滿足小杜的私人想法，和龍舟的身分一點兒都不般配。雖然這個要求實在很沒有道理，但愛才的崔刺史不忍心掃了小杜的興，還是吩咐手下人張榜出去，就說三日後刺史大人要在湖州城內，搞一場熱熱鬧鬧的賽龍舟，以慶祝當今太平盛世，讓百姓們都來同樂。

到了那日，兩岸果然密密麻麻的擠滿圍觀群眾。人家站一天忙著看龍舟，小杜在小船上也站了一天忙著看沿岸的女子。從早上看到傍晚，眼睛都挑花了，他竟然沒有找到一個合意的。眼看活動就要散場，人群中有位婦人帶著一個十幾歲的女孩子，突然吸引了小杜的目光。他仔細端詳好一會兒，激動的對隨從說：「這女孩真是天姿國色，世所罕見。我打算娶她！」心動不如行動，小杜立刻派隨從將這對母女請到船上來，要和人家商談嫁娶事宜。

那婦人本是帶著小女兒出來看龍舟，又不是出來相親，被這種突襲搞得一點心理準備都沒有，嚇得一個勁兒推說女兒年紀尚小還不能婚配。小杜笑咪咪的安撫：「在下當然知道令千金年紀尚幼，並非馬上就要娶她，只是想先和您商定下幾年後迎娶的日期。」婦人問道：「世事難料。將來若是您違約失信，而我女兒年齒漸長，總不能一直等下去吧？」

小杜胸有成竹的回答：「不出十年，在下必然來湖州做刺史。如果十年後沒有音信，您儘管將女兒另嫁他人，在下絕無怨言。」婦人覺得這個條件還算公平合理，於是點頭同意。雙方立下盟約字據，小杜送給女方家一筆貴重的聘禮，成就感滿滿的回宣州。

自此一別，小杜就將愛情當成工作的原動力，最大的人生理想即當上湖州刺史，好去風風光光的迎娶美嬌娘。他先後出任過黃州、池州和睦州刺史，其實均非本意，因為到哪裡當官並不是由本人說了算，得服從組織的需要和安排。直到好友周墀出任宰相時，小杜忍不住接連寫三封信，假公濟私的請求出任湖州刺史。到了唐宣宗大中四年，已經四十七歲的杜牧，終於如願以償獲得了這個夢寐以求的職位。

杜牧一到任湖州，第一件事情，便是立刻派人接那對母女，來刺史府中相見。不料手下接來的不是兩位，而是四位。原來女子早已嫁為人婦，昔年那對母女如今身後還帶著一對活蹦亂跳的孩童。

看著自己記憶中的清純少女，如今已變成風姿綽約的少婦，杜牧好似被劈頭澆了一盆冷水，憤憤的責問老婦人：「當年您已答應將令千金許配給在下，為什麼違背諾言呢？」老婦人回答說：「咱們原來約定以十年為期。等到十年過去了，大人您還沒有如約前來，老身才將女兒嫁人的。」杜牧取出盟約來一看，時間居然已經過去了十九年，只得仰天長嘆人生如白駒過隙，於是贈給這一家老少三代很多禮物，並且目送她們離開。

待得夜深人靜安歇後，杜牧回想十九年期待成空，不禁輾轉反側，夜不能寐，乾脆披衣起床，寫下《嘆花》一詩：

自恨尋芳到已遲，往年曾見未開時。
如今風擺花狼藉，綠葉成蔭子滿枝。

二十四橋，何處吹簫

讓我們先回到杜牧還在宣州當幕僚的時候。

不久後沈傳師返京任職，小杜不知為何沒有隨行，可能因為是留戀江南。後來他又來到揚州，擔任淮南節度使牛僧孺的掌書記，負責節度使府的公文往來。揚州在當時是全天下第一等的好地方，究竟好到什麼地步呢？傳說有位老神仙詢問四個年輕人的人生理想，第一位說想富甲天下，第二位說想羽化升仙，第三位說想當揚州刺史，由此可知，**在揚州當地方行政長官的吸引力，可以和成為首富甚至和成為神仙相提並論**。順便說一下，第四位的理想是：腰纏十萬貫，騎鶴下揚州。

以杜牧之才，做個幕僚實在大材小用，自然精力過剩，無所事事。揚州是煙花聚集之地，美女比湖州更多，這下他可謂老鼠跌進米缸，在公事閒暇之餘，常常流連於聲色歌舞場所，幾乎每夜都一個人偷偷跑到青樓歡飲宴樂，也不敢讓領導牛大人知道。

牛僧孺是白居易和劉禹錫的好友，自然也很賞識杜牧的才華，所以能寬容他這個不良愛好，還生怕他年少氣盛在青樓和別人爭風吃醋時吃虧，就安排了二十名特種兵，每到夜幕降臨就換上便衣，執行祕密任務，暗中保護杜牧。

杜牧只顧著對酒當歌和美女們風花雪月，完全沒注意到這些尾巴，但每次若有人與自己話不投機，本來打算拳腳相向的，後來都莫名其妙低聲下氣的離開了，杜牧心下只暗想運氣真好。

幾年後，杜牧被朝廷提拔為監察御史，要離開揚州到洛陽上任。讓一個喜歡尋訪花街柳巷的人當紀委官員，大唐朝的用人方式真是不拘一格。牛僧孺設宴為他餞行，席上語重心長的諄諄告誡：「以賢侄的學識氣概，將來必前途不可限量。但老夫稍有擔心賢侄過於放縱風月之情不知節制，只恐時間長了會有損貴體安康。」杜牧聽了臉皮發燙，但以為自己的保密工作做得還不錯，便強作鎮靜的答道：「多謝大人掛懷！還好下官一向潔身自愛，在這方面尚不至於讓大人操心。」

牛僧孺哈哈大笑，讓書童捧上一個小書箱。不明真相的杜牧打開一看，原來裡面都是每天跟在他身後的便衣保鏢所寫的工作報告，無非是某晚杜書記在醉仙樓飲酒與何人爭執，我等已擺平；某晚杜書記在麗春院宴樂與何人口角，我等已擺平，書記大人均平安無事……足有百十來份。杜牧這才曉得牛僧孺如此照顧自己，遂感動不已，立刻下拜致謝，此後終身不忘牛僧孺的恩情。

後來牛僧孺更為出名，是因作為「牛黨」之首，與李德裕為首的「李黨」，進行長達四十多年的「牛李黨爭」，李商隱就在中間吃了大虧（後文會提及）。在這位老領導逝世後，杜牧親自撰寫墓誌銘，自然都是歌頌溢美之詞，文采比年老時為自己寫的墓誌銘還好。

不知是否因為對他人都不放心的緣故，杜牧臨終前未按慣例委託別人寫墓誌銘，而是親自操刀，但寫得文采平平毫無大詩人風範。想想也是，人一般都不好意思自吹自擂，給自已寫墓誌銘，其實挺難下筆，不明白他為何要主動做此高難度動作。

杜牧離開揚州後，依然對其魂牽夢縈、念念不忘，於是寫下《寄揚州韓綽判官》贈給堅守崗位的昔日同事：

青山隱隱水迢迢，秋盡江南草未凋。

二十四橋明月夜，玉人何處教吹簫？

看來韓判官不但是杜牧的同僚，在風花雪月方面也是他的同道。關於「二十四橋」一直有兩種說法：有人認為是二十四座橋，比如沈括在《夢溪筆談》中說，「揚州在唐時最為富盛……可記者有二十四橋」，並注明今存者只有六橋；也有人認為是有一座橋名叫二十四橋，傳說隋煬帝遊揚州時，在月圓之夜帶著二十四位美人，在那座橋上飲酒吹簫，因此得名。至今對此眾說紛紜，沒有定論。

第二十九章

江南春、泊秦淮，小杜喚不回唐崩壞

揚州在地理意義上屬於長江以北；但從大量的古詩中可以看出，它在文化意義上卻是典型的江南。

金國皇帝完顏亮待膩了乾燥灰黃的北方，因此非常神往以揚州、杭州為代表的水鄉美景，尤其在受到北宋詩人柳永，所描寫江南美麗富庶的《望海潮》一詞刺激後，**下定決心揮師南下統一中國**。金兵浩浩蕩蕩來到揚州長江岸邊，意氣風發的大金皇帝躍馬揚鞭，極目南望，吟出豪情萬丈的《南征至維揚望江左》：

萬里車書盡混同，江南豈有別疆封？
提兵百萬西湖上，立馬吳山第一峰。

一個人的宏偉理想能否實現，除了看隊友是誰，更要看對手是誰。完顏亮遇上的對手，是南宋進士虞允文。常有人說「百無一用是書生」，而且**虞書生此前從未帶過兵打過仗**，沒想到虞允文第一仗，就碰上帶領傾國之兵而來的完顏亮，這樣的人生玩的才是心跳。

豆蔻年華，垂淚天明

完顏亮指揮十五萬雄兵，欲從馬鞍山的採石磯渡江，虞允文率領一萬八千江東子弟兵，浴血死戰不退，大破幾乎十倍於己的金兵。完顏亮只好退到揚州想躲開虞允文，不料第一仗就打出感覺的虞允文，又率兵沿著南岸追到鎮江隔江阻截，實在是欺人太甚。

完顏亮惱羞成怒，下令金兵必須在三天內強渡長江，否則全體處死。可是當時從揚州到鎮江，還沒有潤揚大橋能方便的橫跨長江南北，所以這種孤注一擲的命令，只會使內部矛盾變得更加激烈。

見虞允文率領士氣高昂的部隊，在長江對面嚴陣以待，本就軍心不穩的金國將士乾脆兵變，幹掉自家這位不靠譜的皇帝。完顏亮既遇上神一樣的對手，又選了忘恩負義的隊友，不死何為？

班超、虞允文等人物用事實證明，如果書生投筆從戎，常常會爆發小宇宙，戰鬥力驚人。而總結完顏亮失敗的原因，可以看出他在天時、地利、人和三方面均沒有占到優勢。當時南宋雖弱，但國力和士氣還足以自保，遠未到亡國之時。就在虞允文中進士的那年，同科及第的有張孝祥、楊萬里、范成大，以及本來有望奪取狀元，但因得罪秦檜而落榜的陸游。這麼多才子在同一期考試裡集中爆發，當年大概九星連珠、天象異常。

這一仗南宋雖然取得大勝，但金兵南侵至揚州，還是給當地造成了巨大的災難。多年後詞人姜夔（按：音同魁）路過揚州，目睹昔日煙柳繁盛之地，被那場戰爭洗劫後一直未能恢復的蕭條景象，撫今追昔不禁悲從中來，寫下了著名的《揚州慢．淮左名都》：

淮左名都，竹西佳處，解鞍少駐初程。
過春風十里，盡薺麥青青。
自胡馬窺江去後，廢池喬木，猶厭言兵。
漸黃昏，清角吹寒，都在空城。
杜郎俊賞，算而今重到須驚。
縱豆蔻詞工，青樓夢好，難賦深情。
二十四橋仍在，波心蕩、冷月無聲。
念橋邊紅藥，年年知為誰生？

姜夔在《揚州懷古》，用的典故全部都是杜牧作的詩。可見在後代文人雅士的眼中，提到杜牧就是揚州，提到揚州就是杜牧，兩者已經是血脈相連，連張祜「人生只合揚州死」和徐凝「兩分無賴是揚州」這樣的名句都要往後排。詞中除了能看出「贏得青樓薄倖名」和「二十四橋明月夜」外，「春風十里」和「豆蔻詞工」，則是來自杜牧為一位小歌女所作的《贈別》：

娉娉裊裊十三餘，豆蔻梢頭二月初。
春風十里揚州路，卷上珠簾總不如。

假如有人參加知識競賽遇到考題，豆蔻年華具體指的年紀，可以立刻給出標準答案——十三歲。用今天的流行詞來表達，杜牧大叔是位「蘿莉控」。他給這位小歌女寫的《贈別．其二》也是名篇：

多情卻似總無情，唯覺樽前笑不成。
蠟燭有心還惜別，替人垂淚到天明。

落魄江湖，遣懷

杜牧到洛陽當監察御史以後，其生活與揚州的精彩相比，自是枯燥乏味、百無聊賴。司空李願退休閒居，經常在家大宴賓客，每次遍邀城中名流，但從不給杜牧發請帖，大概考慮到他是紀委官員，參加這樣的娛樂活動，不利於官風廉政建設，於人於己都不方便。不料杜牧聽說李府酒宴，總有許多美麗的家姬歌女跳舞助興，很是神往，就主動託人向李願致意：「杜御史很希望被邀請到司空府赴宴。」李願沒想到杜牧臉皮這麼厚，不得已在下一次酒席前給他送去一張請帖。杜牧立刻大喜而來，這下紀委官員終於可以與官同樂了。

席間杜牧東張西望的看美女們輕歌曼舞，偷偷問李願：「聽說貴府上有一位歌姬名叫紫雲的，不知是哪一個？」李願就隨手指給他看。杜牧目不轉睛的盯了半天，突然說道：「這位紫雲姑娘色藝俱佳，果真名不虛傳。不如……請司空大人將她送給我吧！」此言一出，滿座譁然，大家從沒見過有紀委官員這樣直截了當的向退休官員索要賄賂。李願一時難以拒絕，只好點頭應承。李願原本只是送出一張請柬而已，哪知卻送掉了一位美人，心疼不已。

年輕的歌姬們見杜牧如此直白，都回過頭來嘻嘻哈哈笑成一片。紫雲姑娘更是臉蛋兒漲得通紅。杜牧對李願拱手施禮以表謝意，端起面前的酒杯一飲而盡，站起身來大大方方吟出四句詩：

華堂今日綺筵開，誰喚分司御史來？
忽發狂言驚滿座，兩行紅粉一時回。

看樣子退休司空就不應該在家裡請詩人赴宴，更不該讓美女跳舞陪酒。前有李紳司空送了歌姬給劉禹錫，後有李願司空送了紫雲給杜牧。杜牧在李願府上表現得如此明目張膽十三點（按：上海方言，指人痴頭怪腦，愚昧無知），也是有原因的，因為他在家族叔伯兄弟中排行第十三，根據唐朝人的習慣，杜牧又被稱為「杜十三」，可謂人如其名。

但如果我們透過杜牧的詩歌，挖掘他的深層世界，就會發現他遠不是表面看起來的那麼十三。例如他後來追憶揚州時期的生活，曾寫下《遣懷》一詩：

落魄江湖載酒行，楚腰纖細掌中輕。
十年一覺揚州夢，贏得青樓薄倖名。

很多人以為本詩的重點在青樓薄倖，其實詩眼是落魄江湖。杜牧在詩裡承認，他的十年揚州生活並不是內心所願，而是落魄失意的。宋朝范仲淹的《岳陽樓記》裡，有「居廟堂之高則憂其民，處江湖之遠則憂其君」。在中國古代知識分子的語境裡，「江湖」的反義詞是「廟堂」。杜牧的真實願望，是在朝堂之上為國效力，「了卻君王天下事，贏得生前身後名」，而不是在遠離政治中心的江南煙花之地空等，十年間就像睡了一大覺，什麼正經成就也沒有，只不過在青樓中混得「薄倖」的名聲而已。

杜牧這樣沉湎酒色，皆因時勢使然。晚唐外有藩鎮割據，內有宦官專權，本該是國家棟梁的大臣們還身陷牛李黨爭，國家已是內憂外患、積重難返了。杜牧既然不被朝廷重用，沒有機會施展胸中抱負去挽狂瀾於既倒、扶大廈之將傾，也只能將飲酒狎妓當成苦中作樂、打發時光的方法了。

「楚腰」指美人的細腰，典故來源於春秋時的楚靈王。他喜歡看苗條的女子，在宮內輕歌曼舞，所以不少宮女節食忍餓以求細腰。如此一來，宮內女子的素腰皆嬛嬛一裊、盈盈一握（按：前一句形容女子婀娜多姿，後一句表是女子腰肢纖細，用一隻胳膊就能摟住），由此有了「細腰宮」、「楚宮腰」等詞。

楚靈王不但對女人有要求，對男人同樣苛刻，不喜歡看到肥胖的大臣，結果士大夫們也都節食減肥，以致餓得頭昏眼花，非要扶著牆壁才能站起來。《資治通鑑》有云：「吳王好劍客，百姓多創瘢；楚王好細腰，宮中多餓死。」正所謂「上有所好，下必甚焉」。楚靈王絕對是個反面例子：《謚法解》中「亂而不損曰靈」。「靈」是委婉形容無道昏君的惡謚，意即把國家都搞亂了，只是還未傷及根本。正面的例子是如果國家領導人喜歡吃包子，基層幹部就不能以吃海鮮為榮，最多吃吃農家樂。

銅雀春深，東風不與

杜牧熟讀史書看透時局，對唐朝與吐蕃的戰略態勢、中央與藩鎮的鬥爭暗流，都有相當透徹的了解，並提出了有針對性的對策，所以對自己的政治軍事才能頗為自許。這種自負之情在《赤壁》一詩中，也隱隱體現：

折戟沉沙鐵未銷，自將磨洗認前朝。
東風不與周郎便，銅雀春深鎖二喬。

「折戟沉沙」作為代指戰敗的成語，即典出於此。「二喬」是三國時代名聞天下的兩位美女：小喬是周瑜的妻子，而大喬則是孫策的遺孀、孫權的大嫂。一般人都知道，周瑜贏得赤壁之戰是因為兼得了天時（東風）、地利（長江天險）、人和（領導孫權的信任、魯肅等眾將的支持、劉備友軍的策應）。

杜牧卻將功勞僅僅歸於東風，很有可能是他故意借史事，一吐胸中抑鬱不平之氣，有「時無英雄，使豎子成名」的寓意在內，不過非常隱晦：自己持濟世之才，為何沒能生在能使英雄建功立業的時代呢？一般人如果這樣貶損周瑜，大家會想衝上去狠狠往那人身上砸磚，換成杜牧在這裡大放厥詞，讀者只是一笑：「有才就是任性。」

當年曹操修成銅雀臺後，曹植所做的《銅雀臺賦》裡有一句「連二橋於東西兮，若長空之蝦蝀」，諸葛亮敏銳的捕捉到挑撥離間的機會，在為周瑜背誦時，故意改成了「攬二喬於東南兮，樂朝夕之與共」，引得本來就主戰的周郎勃然大怒，誓與老賊不兩立，更加堅定了抗曹的決心。以上是羅貫中《三國演義》中的故事版本，看起來其思想源流和杜牧的「銅雀春深鎖二喬」一脈相承。而在歷史事實中，銅雀臺是在赤壁之戰結束的兩年後建造。小說家言，甚不可信。

杜牧還有一首著名的懷古詩《題烏江亭》，也是與傳統看法背道而馳：

勝敗兵家事不期，包羞忍恥是男兒。
江東子弟多才俊，捲土重來未可知。

一般人都認為，項羽垓下兵敗後，無顏回去見江東父老，而在烏江邊自刎是義烈之舉。但杜牧借題發揮，說勝敗乃是兵家常事，能夠忍辱負重再圖翻盤，才是真正的男子漢。江東子弟人才濟濟，說不定能重整旗鼓殺回來。此即為**「捲土重來」的出處**。項羽一生百戰百勝，只輸垓下一場，就輸掉了生命，不能不說和他的抗壓能力不足有關。反觀劉邦，一生中多次被打得落荒而逃，鬼門關前都走了幾個來回，最後卻成為一統中國的皇帝。堅持的人，最後不一定能成功；但成功的人，都必須能夠堅持。

浮生恰似冰底水

說起杜牧的詩歌，給人的整體印象就是七絕出類拔萃，而且有幾個重複出現的關鍵字：懷古、揚州、飲酒。懷古讓人憂今，揚州的美女則能讓人暫時忘憂，飲酒也能起到同樣的效果。能在揚州和美女放歌歡宴，是杜牧的人生第一樂事，即使在清明節冒著絲絲細雨去祭祀先人的辛苦路途中，他也不忘尋找路邊的小酒家買醉。《清明》一詩中有此紀錄：

清明時節雨紛紛，路上行人欲斷魂。
借問酒家何處有？牧童遙指杏花村。

杜牧的三大關鍵字如此深入人心，以至於很多人會忘記，在此之外他寫景的七絕也美麗如畫，比如著名的秋景詩《山行》：

遠上寒山石徑斜，白雲生處有人家。
停車坐愛楓林晚，霜葉紅於二月花。

「遠上寒山石徑斜」、「烏衣巷口夕陽斜」、「寒食東風御柳斜」，這幾個「斜」，一定要讀古音「峽」才押韻，可稱為「三斜名句」。白雲生處在有的版本中，寫成「深處」，筆者認為「生處」顯得生機勃勃。《山行》看似寫景，其實裡面也藏有抒懷。很多詩人都悲秋，杜牧卻和劉禹錫一樣喜愛秋色。他在詩中隱隱自比霜葉，其紅更勝於春花，似有一層老驥伏櫪志在千里的意味在其中。

秋去冬來，杜牧行經汴河渡口時，正好遇上天寒河面結冰，渡船無法通行，只好暫且小住等解凍後，再繼續前行。望著千里冰封的長河，聽著水冰相擊的清脆響聲，杜牧閒著也是閒著，不會浪費他的時間和天才停止文學創作，隨手又寫下了一首冬景詩《汴河阻凍》：

千里長河初凍時，玉珂瑤佩響參差。
浮生恰似冰底水，日夜東流人不知。

孔子曾經在川上說過，「逝者如斯夫，不舍晝夜」，感嘆時間像江水般，日夜不停的流逝，不依人的意願而稍作停留。奔騰的江水很容易讓人注意到，但冰底的緩緩流水，則讓人難以察覺。看著一片冰凍景象，也能詩意的抒發出人生如白駒過隙之感慨的，只有杜牧這種比孔夫子還要細膩敏感的人。

千里鶯啼，浪花淘盡

如果說《山行》和《汴河阻凍》都是借寫景而言志抒懷，杜牧也有一首比較隱晦的春景名作《江南春》：

千里鶯啼綠映紅，水村山郭酒旗風。
南朝四百八十寺，多少樓臺煙雨中。

對於這首詩是否在諷刺晚唐佛教惡性發展，而大大削弱國家實力，研究者們見仁見智，不過大家一致讚賞小杜，將這一幅江南春景圖描繪得美不勝收。偏偏明代文學家楊慎說應該改成「十里鶯啼綠映紅」，其理由是「千里鶯啼，誰人聽得？千里綠映紅，誰人見得？若作十里，則鶯啼綠紅之景，村郭、樓臺、僧寺、酒旗皆在其中矣」。大部分人都認為楊慎的評論拘泥可笑，就算十里之內，人們也聽不見鶯啼，也看不見十里內的酒旗，還是「千里」的氣勢更為壯闊。

吳道子的山水畫手段極高，寥寥數筆就能勾勒出整個江南春景，但只怕連畫聖的丹青妙筆都繪不出杜詩這麼宏大的場面。

楊慎對《江南春》的評論如此不靠譜，但如果你因此懷疑他沒什麼水準只會嘩眾取寵，那可就大錯特錯了。因為此人乃是公認的明朝三大才子之首，他的代表作《臨江仙》你或許讀過：

滾滾長江東逝水，浪花淘盡英雄。
是非成敗轉頭空，青山依舊在，幾度夕陽紅。
白髮漁樵江渚上，慣看秋月春風。
一壺濁酒喜相逢，古今多少事，都付笑談中。

如果你以前沒有讀過此詞就太可惜了，說明你不是還沒有看過《三國演義》，就是看得不夠認真，因為這首《臨江仙》是《三國演義》的卷首詞。看到這裡，一定有歷史迷會詫異：羅貫中是元末明初之人，他逝世後再過將近一個世紀，楊慎才會出生，那麼《三國演義》中怎麼會有百年之後的作品呢？

因為羅貫中是《三國演義》的原著者，而我們今天看到的版本，則是明末清初毛綸、毛宗崗父子修訂過的。毛宗崗在修訂原著的內容、回目和詩文時，覺得楊慎此詞眼光高遠、氣勢宏大，便將它用作卷首詞，事實上也的確起到了畫龍點睛之效。一九九〇年代拍攝的同名電視連續劇，一開場就是中國歌手楊洪基的渾厚男中音，所唱出的「滾滾長江東逝水……」，著名作曲家谷建芬的配曲慷慨激昂。詞、曲、唱配合得天衣無縫，為經典名著的經典螢屏作品錦上添花。

筆者認為，即使將這首《臨江仙》放在好詞燦若繁星的大宋，也能擠入前十名。宋代有很多一流的好詞，你很容易從整首中挑出一、兩句來作為代表，卻不一定背得出全詞，因為並非每一句都值得讓人去細細品味。但**你很難從楊慎此詞中挑出代表句來，因為幾乎每一句都配作為代表，用「字字珠璣」來評價也不為過**。全詞無一字閒筆，沒有絲毫的堆砌之感，很容易就能全部背誦下來。

杜牧在擔任監察御史期間，由於職務清閒便四處旅遊憑弔古跡，寫下了不少詩篇來抒發憂國之心。其中的《過華清宮·其一》，在《精英必備的素養：全唐詩（初唐到中唐精選）》中，介紹白居易《長恨歌》時已經順帶提到，而《過華清宮．其二》也是毫不遜色的佳作：

新豐綠樹起黃埃，數騎漁陽探使回。
霓裳一曲千峰上，舞破中原始下來。

唐玄宗聽到無數人進言「安祿山將反」，心下到底存些狐疑，便差人到范陽去對他察言觀色。可惜派去的使者見錢眼開，收下重賄回來，竟拍著胸脯說安祿山忠心耿耿並無反意。唐玄宗便放心繼續觀賞貴妃娘娘飄飄欲仙的霓裳羽衣舞，直到不久後安祿山起兵叛亂才悔之不及，匆匆丟下都城、宗廟、文武百官而遠遁四川。杜牧借唐玄宗的故事，提醒當朝皇帝不要因驕奢淫逸而重蹈覆轍。

杜牧另一首傳唱至今的名篇，是在懷古詩批量催生地金陵寫下的《泊秦淮》：

煙籠寒水月籠沙，夜泊秦淮近酒家。
商女不知亡國恨，隔江猶唱後庭花。

「後庭花」是歌曲《玉樹後庭花》的簡稱。南朝陳後主陳叔寶耽於聲色，親自作此靡靡之曲，與張麗華等寵妃歌舞昇平，以致朝政廢弛。

隋朝皇子楊廣率楊素、韓擒虎、賀若弼等大將攻滅南陳，重新統一中國，所以後世便將此曲作為亡國之音的代表。商女指歌女，她們演唱什麼曲子，其實由聽者的趣味決定的，所以並非「商女不知亡國恨」，而是座中的聽者喜歡這首當年南陳的亡國之音，殊不知自己大唐的亡國之期也近在眼前了。

第三十章

李商隱的詩，讀不懂卻備受推崇

杜牧希望借著懷古諷今的詩，來喚醒高居廟堂之人的憂患意識，但並未引起當政者真正的警覺。歷史證明他的眼光犀利，絕非杞人憂天。杜牧逝世二十多年後，私鹽販子兼菊花詩人黃巢造反，再次沉重打擊唐朝早已被安史之亂動搖的統治根基。流氓無賴朱溫先是參加黃巢軍，後來叛變降唐，並在追剿黃巢中立下大功，一步步成為權臣。

又過了約三十年，朱溫篡唐建梁，曾經盛極一時的大唐正式宣告滅亡，隨後中國進入了五代十國的亂世，臣弒君、子弒父、兄弟相殘好似家常便飯。直到趙匡胤建立北宋，大部分人民的生活才重新恢復穩定。

《泊秦淮》諷刺在晚唐危局中依舊宴樂之人，但很多時候杜牧自己也是此類宴樂中的一分子。頭腦清醒而心靈麻木，這種矛盾讓他痛苦卻看不到出路，生於盛唐的詩人們是不曾體驗的。**杜牧去世之前，在家閉門搜羅生前文章，僅留下十分之三，其餘的都付之一炬**。也許那些在外人看來反映他風流倜儻的詩，並非作者自己的得意之作，沒有人了解他內心真實的悲涼。而杜牧在詩歌中所刻意嵌入的深層寓意，反被世人所忽略。幸好他還有一位才華與他不相伯仲的知音，即與之齊名的李商隱。

通俗白居易推崇難懂李商隱

李商隱，字義山，號玉溪生（又號樊南生），比杜牧小十歲。他曾寫了《杜司勛》一詩贈與杜牧：

高樓風雨感斯文，短翼差池不及群。
刻意傷春復傷別，人間唯有杜司勛。

因為杜牧擔任過司勛員外郎，所以被稱為杜司勛。傷春和傷別都是唐詩中的常見題材，但「刻意」一詞，說明李商隱發現杜牧在詩中，其實隱藏了更多的寓意，而自己便是品出這些餘味的知音。「人間唯有」既體現出他對杜牧的推崇，也體現出他作為知音的自許，而非自大。盛唐「李杜」在前，晚唐「小李杜」在後，杜牧、李商隱正是唐詩星空中與李白、杜甫交相輝映的另一對燦爛雙子星。

白居易在老病退休以後，非常欣賞當時已經初露頭角的年輕人李商隱，對他開玩笑說：「**老夫死後要是能投胎做你的兒子就好啦。**」他比李商隱年長約四十歲，幾乎要高兩輩，能說出這樣的話，足見對其愛重的程度。

白居易的詩歌風格是「老嫗能解」，以通俗易懂見長；而李商隱的詩歌，則以朦朧難懂著稱，連專門研究他的學者們，都無法得出一致的結論。兩者的特點截然相反，白居易卻如此推崇李商隱，令人難以想像。可能他自己將平和樸實的風格駕馭得輕車熟路，就特別欣賞李商隱能將詩歌的穠麗淒迷之美發揮到極致吧。

既然白居易如此欣賞李商隱，於是白居易的家人在他逝世後，請李商隱為其寫墓誌銘。杜甫的墓誌銘是元稹寫的，元稹的墓誌銘是白居易寫的，白居易的墓誌銘是李商隱寫的，這是中國文學史上的一段佳話。但李商隱所寫的《太原白公墓碑銘》，卻對白居易輝煌的文學成就避而不談，甚至連墓誌銘中常見的客套恭維話都沒有。

令人琢磨不透李商隱是怎麼想的，而白家居然接受這種寡淡如水的墓誌銘，也是匪夷所思。筆者只能猜測，是因李商隱不知道該如何讚美白居易的詩歌風格。不過李商隱為人處世的情商確實不高，由此已經初現端倪，隨後我們將不斷領教這一點。

白居易逝世幾年之後，李商隱添了個兒子，居然厚起臉皮給這個孩子起名為「白老」，可惜此子長大後粗鄙遲鈍，沒有半點詩情。李商隱的好友溫庭筠一向喜歡拿人尋開心，就拍著這孩子的腦袋笑道：「讓你做白樂天的轉世，不是辱沒了他嗎？」幸好過得幾年李商隱生了第二個兒子，起名袞（按：音同滾）師，生得俊朗斯文、天資聰穎，溫庭筠又拍著那孩子聰明伶俐的腦袋讚嘆：「袞師才是白樂天的轉世呢！」李商隱在《驕兒詩》中，曾欣慰的寫：「袞師我驕兒，美秀乃無匹。文葆未周晬，固已知六七。四歲知名姓，眼不視梨栗。交朋頗窺覷，謂是丹穴物。」

錦瑟無端

李商隱的詩歌朦朧難懂，原因並非用字生僻詰屈。其實他用的字都挺淺白，但是大量使用典故，而且所指隱晦，上下文之間邏輯關係不明顯，很容易讓讀者看不懂。尤其是他的情詩，即使是眾口相傳的千古名句，也往往不知其具體所指。就像現在某些電影大師的作品，你進影院花兩個小時看完出來，也沒明白他到底講了什麼故事，可畫面確實美得無與倫比，觀眾也就認了。

最能展現這一特點的，正是李商隱的代表作《錦瑟》：

錦瑟無端五十弦，一弦一柱思華年。
莊生曉夢迷蝴蝶，望帝春心託杜鵑。
滄海月明珠有淚，藍田日暖玉生煙。
此情可待成追憶，只是當時已惘然。

詩歌以錦瑟起興：錦瑟啊，你為何莫名其妙有五十弦呢？每一弦、柱都讓我思念逝去的韶華歲月。有人因此猜想，這是否是作者到了知天命之年的自傷。但李商隱在四十六歲時就去世了，並沒有活到五十歲，只能說也許是他「奔五」的感慨。接下來一連串唯美的用典令人眼花撩亂、目不暇接。

莊生曉夢迷蝴蝶：春秋時莊子夢見自己變成蝴蝶，正在逍遙快樂時突然醒來，才發現自己原來是在夢中，所以才能自由自在的展翅飛舞。一般人夢醒了，就起床做事，但莊子卻一直賴在床上，並且開始思考一個嚴肅的問題：「到底是我夢到自己變成蝴蝶呢，還是蝴蝶夢到自己變成我呢？」這就是哲學家最寶貴的特質，在看似無聊的問題上窮追猛打，其實追問的是非常嚴肅的核心。

這個問題用今天的哲學語言來表達，就是：「我真的是我嗎？人如何認識真實？」莊子並不孤獨，近兩千年後，有位法國哲學家兼數學家笛卡兒，也進行這方面的思考，他得出的結論，是「我思故我在」。關於此命題的含義眾說紛紜，筆者比較傾向的解釋是：「我無法否認自己的存在，因為當我否認、懷疑時，我就已經存在。」艱深的哲學讓人望而生畏，所以大家更喜歡轉述笛卡兒用 r=a(1-sinθ) 的心形線公式，向瑞典公主克莉絲蒂娜表達愛意的虛擬浪漫橋段。李商隱既不是哲學家也不是數學家，卻是貨真價實的浪漫詩人，他用莊生夢蝶的典故，傳達出了人生如夢、往事如煙的詩意感傷。

望帝春心託杜鵑：望帝是傳說中古蜀國的君主（可能在商末周初），名叫杜宇，後來禪位退隱。中國歷史上所謂的禪讓，其實大都是被迫演戲，不能當真，所以杜宇死後魂魄化為杜鵑鳥，又名子規，在每年的暮春時節不住啼鳴，其聲悲淒哀怨，以至於口中流血。

白居易《琵琶行》裡的「杜鵑啼血猿哀鳴」，就反映這個傳說。古人看見杜鵑啼叫時口中殷紅，誤以為它在啼血，其實只是它的口膜上皮和舌頭的顏色很鮮紅而已。「啼血而鳴」雖然不科學，但是很有文藝情懷。

滄海月明珠有淚：據南海邊的居民口口相傳，海中有一種人首魚尾的鮫人，當她們游到大西洋去的時候，被歐洲人看見了，就稱其為美人魚。

鮫人的眼淚如果流到蚌殼裡面，會變成晶瑩的珍珠，「鮫人泣淚皆成珠」是很悲傷淒婉的意象。滄海之上一輪明月高照，蚌殼向月張開，讓月光滋養由鮫人淚水所化成的珍珠。珍珠得到月亮的光華，越來越瑩潤光澤。

鮫人所織的綃，則稱為「鮫綃」，可以做成衣服，特點是「入水不濡」。陸游思念前妻唐婉時，寫下《釵頭鳳》一詞，說自己「淚痕紅浥鮫綃透」，眼淚流得將本來不沾水的鮫綃都能浸透，可見對於屈服母親、休掉唐婉一事，把腸子都悔青了。

有些母親自以為對兒子擁有所有權，粗暴的干涉子女婚姻；而這些所謂孝子只知愚孝，再婚後兩對夫妻無一幸福。可憐之人常有可恨之處，這也是時代和文化的悲劇，連豪放的性情男兒陸游都未能倖免，怎能不令人嘆惜？

藍田日暖玉生煙：晚唐詩評家司空圖曾寫過一段話：「詩家之景，如藍田日暖、良玉生煙，可望而不可置於眉睫之前也。」他說此比喻出自中唐戴叔倫，但在戴叔倫本人的作品中並未找到此說法。藍田是盛產玉石之地，紅日和暖時，仿佛可以遠遠看到美玉在日光照耀下，所發出的朦朧光芒；如果湊近觀察，這種光芒卻找不到了，所以可望而不可置於眼前。

司空圖是用良玉遠觀才能生煙，來表達「詩貴朦朧」的美學觀點，而李商隱的無題詩（包括《錦瑟》）正是這種美學的最好體現。結合整首詩的氛圍，此句更可能是在暗示那種美麗可望而不可即，令人無法親近、不能把握。

莊生夢蝶是人生無解的迷惘，望帝春心是執著的悔恨，滄海珠淚是空曠的寂寥，而藍田暖玉則是傷感的美麗。論美則至美矣，論工則至工矣，絢麗得能令人呼吸停頓，同時抽象得讓人不知其所謂。這一點我們在欣賞李商隱的諸多無題詩時，會慢慢習慣。也許這位天才只想著將自己過去年華中所體會到的細膩感受，皆融於詩中，**沒考慮為我們這些凡人留下一些必要的起承轉合**。

在中腹燦爛的華彩樂章之後，很多詩作都不免中氣不繼、虎頭蛇尾，但《錦瑟》的尾聯卻是完全壓得住氣場的定海神針。「追憶」、「當時」二詞與開篇的「華年」遙相呼應，發散之後的收束渾然流暢，可見布局早具匠心，非大手筆不能為也。

這份至深至沉的感情，可以值得將來回憶追念；只是當初身歷其境之時，卻漫不經心、毫不在意；如今思前想後，不禁茫然若有所失。作者將心中鬱結轉為詩句，一唱三嘆，徘徊低沉，好似藏有時光不復之悔、生離死別之恨。

此詩首聯運用了自《詩經》以來的經典比興手法；頷聯、頸聯各用兩個典故，而且對仗極為工整；尾聯意境幽遠，能夠引起每一位有感情經歷的讀者，各自不同的共鳴，餘味無窮。整首詩美輪美奐、巧奪天工，達到詩歌文字之美的顛峰。

其實這本是一首無題詩，並非專詠「錦瑟」，只是按古詩的慣例，以篇首二字為題而已。寫作目的也眾說紛紜：有人說是李商隱中年心事濃如酒，而寫下的自傷生平感懷詩，莊生、望帝、明珠、美玉都是自比；有人說是作者寫給恩師令狐楚家一個名叫「錦瑟」的侍女的情詩；有人說是睹物思人而寫給亡妻王氏的悼詩。

因為從很多資料上看，古瑟可能是二十五弦，弦斷了就變成五十根；妻子亡故稱為「斷弦」，續娶稱為「續弦」，那麼首句就是借感嘆錦瑟為何要斷弦，哀嘆自己為何會中年喪妻，而尾聯中的「此情可待成追憶」，即是在悼亡。

湘靈鼓瑟

關於瑟的弦數問題，還有一個淒美的故事。傳說舜帝在南巡途中逝世，埋葬於蒼梧山。他的妃子痛不欲生，投於湘水自盡，死後變為湘水女神，常常在江邊鼓瑟來寄託自己的哀思。但舜帝應該有兩位妻子，就是堯的兩個女兒娥皇和女英，也不知這位湘水女神是其中哪位變的，或是兩者的融合體。反正都是傳說，前人姑妄言之，今人姑妄聽之，不必深究。

湘水女神剛開始鼓的是五十弦瑟，音調淒切激越，直透雲霄上達天庭，連天帝聽了都耐受不住，只好動用職權命她將瑟改為二十五弦。大概把最高音去掉一部分，琴聲的淒厲和穿透力就沒那麼強了。早在戰國時代的《楚辭》中，屈原就用過「湘靈鼓瑟」的典故。

與前文的李端、韓翃、李益等一樣，身為「大曆十才子」之一的錢起，成名詩即是以「湘靈」為主題。錢起，字仲文，據說是大書法家懷素和尚之叔。他自幼聰敏，善於詩賦。年輕時赴長安參加進士考試，旅途中寄宿在悅來客棧，吃過晚飯後在月夜下閒庭信步，只聽得牆外有人聲反覆吟哦：「曲終人不見，江上數峰青……」錢起覺得奇怪，便跑出大門尋找吟詩之人，客棧牆外卻人跡全無。他心下詫異不已，暗想：「難道我剛才是聽見鬼在吟詩不成？」

當錢起到京城進了考場，一看會試發下來的題目，乃是「湘靈鼓瑟」四字。他思索半晌，驀然靈光一閃、腦洞大開，揮筆寫下了自己的應試作文《省試湘靈鼓瑟》：

善鼓雲和瑟，嘗聞帝子靈。
馮夷空自舞，楚客不堪聽。
苦調淒金石，清音入杳冥。
蒼梧來怨慕，白芷動芳馨。
流水傳湘浦，悲風過洞庭。
曲終人不見，江上數峰青。

因為會試的地點在尚書省，所以也叫作「省試」。此詩形容湘靈奏出的淒美樂曲，使得河神馮夷都不禁聞之起舞，而遠遊的旅人卻不忍卒聽。全詩的結尾就用了前一晚聽到的十個字，如同橫空出世般，將讀者從前面的詩句所營造的魔幻世界中，猛然拉回現實，只見一川江水、幾峰青山的素雅畫面，餘音裊裊，回味無窮。

即使「不」字重複出現也在所不惜，絕不肯換字而以詞害意。主考官手不釋卷反覆揣摩，忍不住擊節稱讚：「此詩結尾兩句**妙絕天下，必有神助！**」錢起自然高中進士，且該詩被傳誦一時，從此奠定了他的詩壇地位。那個「鬼謠」的故事，可能是作者本人裝神弄鬼的炒作，更可能是後人認為尾句實在鬼斧神工，而附會出來的。

唐宣宗李忱時的一次進士考試，有位名叫李億的詩作得最好，但唐宣宗對他詩中的重複用字有所疑問，便詢問主考官的意見。中書舍人李藩回答說：「作賦，忌偏頗枯燥、平庸雜亂；作論，忌褒貶不明、是非不清；作詩，最重要的是切題押韻。如果這些大的方面都很好，偶爾重複用字也能接受。過去就有考卷重複用字，而被錄取進士的先例。」

唐宣宗的好奇的問：「是哪位進士？」李藩便將錢起的《省試湘靈鼓瑟》全文背誦了一遍，內有「楚客不堪聽」和「曲終人不見」兩個不字。唐宣宗品味良久，讚嘆道：「此詩雖然用了兩個不，但確實超過所有前人的同題之作。謝朓（按：音同跳）曾有首詩云：『洞庭張樂地，瀟湘帝子遊。雲去蒼梧遠，水還江漢流。』比起錢起這篇來，也差得很遠呢。」於是將李億判為狀元。春風得意的李億，將來會在溫庭筠的撮合下，娶到唐朝四大女詩人中的最後一位——魚玄機。

這位謝朓，字玄暉，是東晉著名詩人，和謝靈運同族，兩人齊名文壇。謝朓，人稱「小謝」；謝靈運是他的族叔，人稱「大謝」。現代人可能不太熟悉謝朓的詩作，但在他那個時代可謂如雷貫耳，專業出家皇帝梁武帝蕭衍經常說：「**最近三天沒有讀謝朓的詩，覺得有點口臭了。**」謝朓擔任宣城太守時，在陵陽山上，建造一座疊嶂樓，後人稱之為謝朓樓。

李白曾在宣城與叔叔校書郎李雲相遇，兩人同登此樓把酒臨風。李白酒後照例詩興大發，在牆上塗鴉一首千古名篇《宣州謝朓樓餞別校書叔雲》：

棄我去者，昨日之日不可留；
亂我心者，今日之日多煩憂。
長風萬里送秋雁，對此可以酣高樓。
蓬萊文章建安骨，中間小謝又清發。
俱懷逸興壯思飛，欲上青天攬明月。
抽刀斷水水更流，舉杯消愁愁更愁。
人生在世不稱意，明朝散髮弄扁舟。

謝朓的名字借著李白的詩，而更加廣為人知。為什麼最多介於一、二流之間的謝朓，會是超一流詩人李白的偶像，令人百思不得其解。總之李白不僅和李雲一起登此樓留下名作，還自己一個人去遊覽過，並誕生另一篇名作《秋登宣城謝朓北樓》：

江城如畫裡，山晚望晴空。
兩水夾明鏡，雙橋落彩虹。
人煙寒橘柚，秋色老梧桐。
誰念北樓上，臨風懷謝公。

二十五弦

錢起以「湘靈鼓瑟」求得功名，後來在自己強項上繼續發揮，用這個典故又創作出另一名篇《歸雁》：

瀟湘何事等閒回，水碧沙明兩岸苔。
二十五弦彈夜月，不勝清怨卻飛來。

全詩類比了一段人雁對話。錢起深情的詢問大雁：「雁兒啊，瀟湘水清沙白，兩岸長滿青苔，水草豐美正好棲息覓食，你為什麼沒事還要飛回來呢？」大雁哀哀的回答：「瀟湘本來是個好地方，但那位湘水女神三天兩頭就在夜月下鼓瑟，樂聲中所含的幽怨之情，讓多愁善感的俺實在受不了，只好飛回來另找棲息之地啦。」

由此詩可見，唐代的瑟是二十五弦，那麼《錦瑟》既有五十弦之嘆，就有可能是一首斷弦悼亡之詩。如果是這樣，斷弦之瑟應是五十弦，依然二十五柱，但詩中的「一弦一柱」，又成了難解之謎。所以事實的真相，恐怕只有李商隱自己知道了。

元好問在他的《論詩三十首》裡評論李商隱，就選了《錦瑟》為代表：

望帝春心託杜鵑，佳人錦瑟怨華年。
詩家總愛西昆好，獨恨無人作鄭箋。

北宋初年的楊億、錢惟演等西昆派詩人酷愛李商隱的詩，並在寫作中紛紛效仿，追求辭藻華麗、用典精巧、對仗工整，可惜缺乏真情實感，形似而神不似，所以後人常用「西昆」來代指李商隱。

「鄭箋」是指東漢末年鄭玄傾一生才智，為《詩經》所做的注，對後世注釋學影響極大。元好問讚嘆李商隱的詩，雖然是極好的，卻有很多地方晦澀難懂，可惜沒有人像鄭玄注《詩經》那樣為其做出完美的注解。

問題的根源，在於李商隱當年寫這些詩時，可能就沒打算讓人讀懂，所以才造成這種無人敢寫注解的局面。**作品讓人讀不懂卻還如此備受推崇**，這樣的天才，在整個歷史上只有李商隱一位。作為詩歌學習者，杜甫、杜牧的詩令人佩服，或許還有見賢思齊之意；李白、李商隱的詩卻令人側目得直接放棄，承認人家的大腦構造就是與我們不同。

第三十一章

情詩。唯讀。李商隱

李商隱與李白、李賀並稱「三李」，巧合的是這三位同姓天才，都是奇特瑰麗的浪漫主義詩風。李白的仙氣自是凡人所無法企及；李賀的鬼氣森森也非常人所能效仿；而後世許多詩人包括西昆派的，曾嘗試模仿李商隱，但沒有一位能被認可。看來「三李」的風格，都是無法學習的，所以最好的詩歌寫作教材還是杜甫的詩。

初戀柳枝

很多人認為，李商隱這種晦澀的詩風，源於其複雜的感情經歷。他自己承認的初戀女孩名叫柳枝，是商人家的女兒，當時年方十七，正當韶華妙齡，而且喜愛詩歌善解音律。李商隱的侄兒李讓山，和柳枝住得很近，有一次姑娘路過李讓山家門口時，恰巧聽見他正在搖頭晃腦的誦一首詩：

竹塢無塵水檻清，相思迢遞隔重城。
秋陰不散霜飛晚，留得枯荷聽雨聲。

柳枝聽得入神，忍不住讚嘆：「好一句『留得枯荷聽雨聲』啊！」《紅樓夢》中，林黛玉說不喜歡李商隱的詩，唯獨最愛「留得殘荷聽雨聲」，柳枝的見識果然不同凡響。李讓山笑咪咪的問：「姑娘也覺得好？」柳枝不住點頭：「敢問李大哥，此詩是何人的大作？」李讓山答：「是我家小叔叔李商隱所作。」柳枝當即解下衣帶打了一個漂亮的結，遞給李讓山：「請將此結送與令叔，幫我求一首詩可好？」李讓山滿口應承：「自當效勞。明日我可介紹叔叔與你相識。」

第二天，李讓山果然帶著李商隱一起路過柳枝家門口。柳枝立於門下看見，遠遠的招手叫李讓山過來，微笑道：「那位就是令叔？果然一表人才。請你叔侄兩人，三天之後來我家做客，小女子自當焚香相待。」李讓山興致勃勃的回去轉告。李商隱遙遙看見柳枝妝容素雅風姿綽約，也頗為心動，盤算了一下，自己當在四天之後動身去長安趕考進士，時間剛好來得及談一場突如其來的戀愛，便愉快的答應了邀請。

三天之後的清晨，李商隱一覺醒來，正準備梳洗打扮去赴柳枝之約，掃視了一眼屋內，突然大叫一聲「不好」。原來他和一個鐵杆好友，約好次日一同出發去長安趕考，兩人這幾天就睡在一間屋裡聯床夜話。不料這哥們兒不早不晚在今天搞了個惡作劇，一大早自己偷偷起來，捎上李商隱的行裝提前一天先跑了，還留下一張紙條：「我去也，快來追」。李商隱立刻拋下與柳枝的約定，起身追趕，心想等從京城回來再去找姑娘道歉吧。沒想到這**一場莫名其妙說走就走的旅行，毀掉了他原本打算奮不顧身的愛情**。

轉眼到了冬天，李讓山也到了長安與叔叔相會，並且告訴他一個消息：前陣子柳枝已經被東諸侯娶走了。李商隱無語問蒼天，心中大罵自己的損友，簡直是人生的負財富。其實鑑於他這種重友輕色的情商，把女朋友弄丟也是早晚的事。李商隱對柳枝念念不忘，在多年後寫了組詩《柳枝五首》，用很長的序言，記錄這段長空煙花般短暫的感情。不過柳枝是商人之女，和書香門第的李商隱門不當、戶不對，即使他們真的在一起了，恐怕最終也很難修成正果。

道姑華陽

李商隱的另一段感情，終於有較長時間的相處，但對象更不靠譜，居然是一位道姑，名叫宋華陽。從武媚娘、楊玉環到李季蘭、宋華陽，看來唐朝的許多尼姑和道姑，都是凡心未淨，不能以常理揣度。

宋華陽原本是皇宮內伺候公主的宮女，因為公主入玉陽山修道，於是跟著做道姑來陪伴公主。李商隱有段時間在公務閒暇之餘，到玉陽山學點道術，正巧認識她，一見傾心之下寫了一首《無題》：

重幃深下莫愁堂，臥後清宵細細長。
神女生涯原是夢，小姑居處本無郎。
風波不信菱枝弱，月露誰教桂葉香。

直道相思了無益，未妨惆悵是清狂。

楚王遇見神女這種想得美的事情，原本是在虛幻的夢裡；現實生活中，年輕女子居住的地方，可不會有相配的少年郎。李商隱哀嘆自己和身為道姑的宋華陽之間，看起來沒有什麼機會，相思了無益，只能空惆悵。

「神女生涯原是夢」，現在往往用來嘆息風塵女子後悔自己的選擇，和原意已經大不相同。「小姑居處本無郎」，則是脫胎於樂府詩《神弦歌．青溪小姑曲》：「開門白水，側近橋樑。小姑所居，獨處無郎。」

李商隱經過與柳枝的初戀教訓後，終於學會堅持，這次他並沒有因為身分的阻礙，而輕易死心，開始寫情書，也就是寫詩寄給宋華陽。對唐朝的文學女青年來說，一流的詩作，堪稱無敵的動心武器，一流的詩人，才是最吸引人的選擇。宋華陽很快被李商隱的才華深深打動，雙方陷入乾柴烈火的熱戀。李商隱的另一首《無題》，很可能是描繪他們約會的時間、地點和心情：

昨夜星辰昨夜風，畫樓西畔桂堂東。
身無彩鳳雙飛翼，心有靈犀一點通。
隔座送鉤春酒暖，分曹射覆蠟燈紅。

嗟余聽鼓應官去，走馬蘭臺類轉蓬。

雖然他們沒有彩鳳的雙翼，可以輕鬆的飛越各種阻隔，但心有靈犀，終於使他們得以排除萬難在一起。只是春宵總是苦短，聽到天亮的鼓聲，這對情侶就得分手，一個回祕書省當官，一個回觀裡當道姑。兩人難捨難分，執手含淚相約：「李郎，你要常來看我噢。」「華陽你放心，我一定會的！」於是李商隱再次寫了一首《無題》：

相見時難別亦難，東風無力百花殘。
春蠶到死絲方盡，蠟炬成灰淚始乾。
曉鏡但愁雲鬢改，夜吟應覺月光寒。
蓬山此去無多路，青鳥殷勤為探看。

上面這些詩，讀的時候都得當作謎語來猜。只有當事人明白，不足為外人道，所以連題目也沒法起，只好統統命名為《無題》。然而李商隱和宋華陽的戀情，畢竟不容道觀的清規戒律，一旦曝光就只能結束。李商隱被迫離開宋華陽以後，寫下《嫦娥》一詩寄託自己的思念：

雲母屏風燭影深，長河漸落曉星沉。
嫦娥應悔偷靈藥，碧海青天夜夜心。

如果當年嫦娥沒有偷吃后羿的長生不老藥，而奔月成仙，就可以長住人間，不至於和丈夫永遠分離。詩中以此暗喻，如果宋華陽不是已經出家，當以修仙為目標的道姑，就能和李商隱共結連理。但現在美麗的她，也只能和嫦娥仙子一樣，在廣寒宮中度過每個孤寂的夜晚了。

雖然以上有許多是筆者的聯想，但關於李商隱的愛情故事，目前所有的研究，都是猜測部分遠遠多於有實際證據的。既然他有難言之隱而有意遮遮掩掩，也不能怪後人妄自揣測。大家按照自己的解讀，各自展開合理的想像。然而就算聯想得再大膽，他的許多《無題》名篇，依然讓讀者如墜五里雲霧之中，比如這首《無題》：

來是空言去絕蹤，月斜樓上五更鐘。
夢為遠別啼難喚，書被催成墨未濃。
蠟照半籠金翡翠，麝熏微度繡芙蓉。
劉郎已恨蓬山遠，更隔蓬山一萬重。

還有這首《無題》：

颯颯東風細雨來，芙蓉塘外有輕雷。
金蟾齧鎖燒香入，玉虎牽絲汲井回。
賈氏窺簾韓掾少，宓妃留枕魏王才。
春心莫共花爭發，一寸相思一寸灰。

這個特點可能和他詩中主角的身分，隱祕不宜高調表明有關。也許曾過談過戀愛的文藝青年，都引用過李商隱的詩句，來表達自己的情感。一方面他的詩確實文字華美、格調雅致；另一方面正因為其朦朧不清，而可以隨意引申發揮，那誰還管它的原意是什麼呢？

知遇之恩

大致了解李商隱的隱祕情史後，再來看看他的坎坷仕途。他十七歲時，拜謁節度使令狐楚。當時人們公認杜甫的詩、韓愈的古文和令狐楚的駢文為三絕。**唐代科舉以詩、賦取士，其中的賦就屬於駢文**，講究辭藻優美、對仗工整、聲律鏗鏘。

王勃的《滕王閣序》是歷史上最有名的駢文之一；唐代的公文格式也是駢文。令狐楚曾任太原掌書記，文學修養深厚的唐德宗，只要讀到來自太原的奏章，就能分辨出是否為令狐楚的大作，並對其大加贊許。得到領導賞識的令狐楚，後來自然官運亨通，一路做到宰相。

前文曾提過令狐楚很賞識張祜，從這件事情上能夠看出，他是一位頗具慧眼的伯樂。現在籍籍無名的青年李商隱求見，令狐楚經過一席交談，覺得他天賦異稟、前途無量，必將是一顆冉冉升起的新星，立刻將其收為門生。之後令狐楚發覺，這個弟子雖然在詩歌方面的才華超凡脫俗，但在駢文上的功夫還遠遠不到家，就悉心指導點撥他。在這位大師的親身傳授之下，李商隱的進步一日千里。為此他寫了《謝書》一詩，表達對恩師的滿懷感激：

微意何曾有一毫，空攜筆硯奉龍韜。
自蒙半夜傳衣後，不羨王祥得佩刀。

李商隱很慚愧自己對令狐楚沒有一絲一毫的物質孝敬，空著雙手帶了筆硯而來，就被傳授如《六韜》（按：中國古代的一部著名兵書，為一部集先秦軍事思想之大成的著作，對後代的軍事思想有很大的影響，被譽為是兵家權謀類的始祖）般寶貴的駢文絕學。

三國時呂虔有一把寶貴的佩刀，相士說只有能登上三公之位的人才配佩帶。王祥是《二十四孝》中，〈臥冰求鯉〉的大孝子。呂虔認識王祥以後，認為他有三公、宰相的氣度，將來必登高位，就硬是將佩刀贈送給他，後來王祥果然位極人臣，呂虔很有識人之明。王祥所在的琅玡王氏家族，在東晉時達到鼎盛，從「王與馬共天下」、「舊時王謝堂前燕」可以看出，王氏是數百年間的華夏第一望族。

王祥得到這樣的賞識本令人羨慕，但如同惠能和尚（就是寫下「菩提本無樹，明鏡亦非臺」那位，後為禪宗六祖）蒙五祖弘忍半夜三更傳授達摩衣缽一樣，自己也得到令狐楚這位駢文大家親授衣缽，那就用不著羨慕王祥了。

此詩主要是表達對令狐楚的感激之情，而李商隱對未來前途的自信和躊躇滿志，也躍然紙上。不過隨後的事實證明，年輕人比較容易盲目樂觀，現實比理想要殘酷得多。

駢文發端於漢末，在南北朝時大行其道。直到中唐，韓愈、柳宗元等人發起古文運動，提出恢復兩漢文章的傳統，摒棄駢文的華而不實，推崇古文的文以載道，駢文才遭遇第一次大挫。隨著韓、柳兩人的去世，駢文的地位又逐漸恢復。師從令狐楚而青出於藍的李商隱，加上溫庭筠和段成式，三人都是個中好手，碰巧又都在自己的家族中排行第十六，所以被人們稱為「**三十六體**」。進入宋朝之後，古文運動在歐陽修的帥旗之下，掀起第二輪高潮，王安石、「三蘇」等大家長江後浪推前浪，駢文從此徹底衰敗。

令狐楚這個好老師，不但關心李商隱的學習，而且關心他的生活，鼓勵他與自己的兒子令狐綯（按：音同桃）交友，實質上就是幫助他進入上層社會。令狐綯很早就考中進士，顯然並非因為他的學識才華比李商隱更優秀，而是由於他父親的地位。權貴們互相提攜而大量錄取上層社會中的考生，這種現象到了中晚唐日益嚴重。

令狐楚官至宰相後，影響力進一步擴大，令狐綯也出面幫李商隱四處延譽，並向主考官打招呼，不久後二十四歲的李商隱進士及第，大概與他自己的實力和老師的背景都有關係。第二年，**令狐楚病逝，臨死前給皇帝的遺表**（按：大臣臨死前所起的遺言章奏，死後上陳給君主）不是託付給令狐綯，而是**託付給李商隱來寫**，足見對他器重的程度。

夜雨寄內

涇原節度使王茂元非常欣賞李商隱的才華，聘請他做幕僚，隨後還將女兒王晏媄下嫁於他，不料正是這樁郎才女貌的婚姻，將李商隱拖進牛李黨爭的政治旋渦之中。

早在唐憲宗元和三年的進士考試中，後來在揚州罩著杜牧的老領導牛僧孺，當時還是一名血氣方剛的舉子（按：科舉考試的應試人），卻在策對中毫無顧忌的指摘時政。主考官很欣賞他的見識和膽略，將他判為第一等，並不認為牛僧孺不知天高地厚。抱持類似政治觀點的，還有李宗閔跟韓愈的好友皇甫湜，他也同列優等。但因為他們的言辭過於尖銳，被宰相李吉甫進言唐憲宗而遭斥退，由此雙方開始結怨。

隨後李吉甫的兒子李德裕繼承這筆恩怨，以他為首的「李黨」，與以牛僧孺、李宗閔為首的「牛黨」，在幾十年間爭鬥不休勢同水火，成為晚唐的一大禍害。連唐文宗都不禁哀嘆「去河北賊易，去朝中朋黨難」。不要以為皇帝無所不能，如果他沒有遊刃有餘的政治手腕，也無力解決這種冰凍三尺、盤根錯節的痼疾。

令狐楚和牛僧孺交情深厚，是牛黨的重要成員。李商隱是令狐楚的門生，自然也被牛黨視為自己人。雖然王茂元並非朝廷中樞要員，其實也沒有明顯的黨派傾向，但因為與李德裕關係較好，就被牛黨大臣們視為李黨陣營中人。「不是我們的朋友，就是我們的敵人」，在黨爭的大環境中，辨別敵友的思路就是這麼簡單粗暴，政治黑暗骯髒真是沒有道理可講。

身為王茂元的乘龍快婿，使得李商隱又被牛黨視為李黨中人。李商隱本人胸懷坦蕩，信奉「君子群而不黨」，原想置身於牛李黨爭之外，哪方都不得罪。無奈想在複雜的派系鬥爭中保持中立，實在過於一廂情願，除非情商特別高的人才有可能做到，而這一點從李商隱之前的表現來看，顯然乏善可陳。

令狐綯認為，父親屍骨未寒李商隱就加入敵人陣營，往好裡說是騎牆觀望，往壞裡說簡直就是忘恩負義，對此極為光火，從此與他形同陌路。令狐父子對李商隱有大恩，這一點毫無疑問；而李商隱一生的詩文，也對令狐家充滿感激之情。

無論是從他詩文的內證來看，還是從史書記載的外證來看，他平生並未做過任何一件有負於令狐家之事。令狐綯後來官居宰相，潦倒困頓的李商隱曾寫了幾首詩寄給他，希望重修舊好，並在仕途上得到他的幫助，但令狐綯始終不予理睬，心胸稍嫌狹窄一些。李商隱的好友溫庭筠也得罪過令狐綯，同樣沒什麼好果子吃。

天有不測風雲，王茂元嫁出女兒後沒幾年就離世了。此時李商隱只是個小官，還未來得及沾上岳父大人的光。不過如同元稹沒有因為韋夏卿的去世，而後悔娶了韋叢一樣，李商隱也沒有因為王茂元的去世，而後悔娶了王晏媄，他們婚後的感情很好。李商隱遠赴四川做官時，曾寫了《夜雨寄北》，寄給留在長安的妻子：

君問歸期未有期，巴山夜雨漲秋池。
何當共剪西窗燭，卻話巴山夜雨時。

這首詩有另一個名字叫作《夜雨寄內》。內，就是內人、妻子。可惜這首詩寫後不久，王晏媄也不幸病故，遠在異鄉的李商隱過了好幾個月才得知噩耗。如果《錦瑟》是悼亡詩的話，可能就是傷心的李商隱此後為王氏夫人所寫。而李商隱的另一首名篇《暮秋獨遊曲江》，則是確鑿無疑的悼亡詩：

荷葉生時春恨生，荷葉枯時秋恨成。
深知身在情長在，悵望江頭江水聲。

看什麼風景不重要，重要的是和你一起看風景的人。詩歌題目中的「獨」，明顯是孤獨的詩人，想起從前與伴侶同遊的情景，進而懷念逝去的伊人。當年鴛鴦於飛雙宿雙棲，如今煢煢孑立（按：煢音同窮，形容人孤苦伶仃，沒有依靠）、形影相弔，空嘆此水幾時休，此恨何時已。物是人非事事休，怎不叫人黯然銷魂？

對於自己無悔的婚姻選擇，李商隱也許只能感嘆一句「豈能盡如人意？但求無愧我心」。縱然無悔，他也確實為這段婚姻，付出了仕途慘澹的代價，終身的最高官位不過是祕書省校書郎和弘農縣尉。透過他的詩作《蟬》，我們可以看出他家拮据的物質生活：

本以高難飽，徒勞恨費聲。
五更疏欲斷，一樹碧無情。
薄宦梗猶泛，故園蕪已平。
煩君最相警，我亦舉家清。

蟬棲息在大樹高枝之上，食物只有樹汁，難以果腹飽足。李商隱感嘆自己也是這樣為人清高，導致生活清貧。蟬因為難飽而發出的哀鳴，並不能使它擺脫困境，所以是徒勞的；自己向令狐綯陳情，希望得到幫助，同樣也是徒勞的。

然而要感謝蟬的鳴叫，使我得以警醒，我全家的操守也要像你一樣高潔。用「一樹碧無情」的描寫，將自己快要餓死的窘狀，與大樹綠油油的豐滿滋潤，進行強烈的對比，對世態炎涼頗有牢騷抱怨之意。

第三十二章

不問蒼生問鬼神，虛負凌雲萬丈才

有趣的是，唐代還有兩首詠蟬的傑作，經常被人作為唐詩學習的進階教材，並與李商隱的《蟬》放在一起展示，其效果是教育我們：雖是詠同樣之物的詩歌，卻完全可以比興出截然不同的意境。兩詩的作者都是初唐詩人，一首來自唐太宗的凌煙閣功臣虞世南，另一首則來自初唐四傑之一駱賓王。

居高聲自遠

唐朝的第一首著名詠蟬詩，是虞世南的《蟬》，與李商隱的詩作同名：

垂緌飲清露，流響出疏桐。
居高聲自遠，非是藉秋風。

虞世基、虞世南兄弟兩人在隋末就很有文名，被當時的人比作西晉的陸機、陸雲兄弟。虞世基年輕時即受到隋煬帝的寵信，非常顯貴，妻子穿衣的規格，都能和王妃爭奇鬥豔，他不明白這麼高調絕非吉兆。反觀虞世南雖然住在哥哥家裡，卻未改變清儉的習慣。

隋煬帝遊幸揚州看瓊花時，奸臣宇文化及反叛弒君，寵臣虞世基也一同被殺。當時虞世南抱住哥哥流淚痛哭，請求以己命換兄命，但宇文化及不同意，還是殺了虞世基。虞世南傷心到人都變得極為瘦弱，知情的人都讚嘆他兄弟情深。

入唐以後，虞世南成為「凌煙閣二十四功臣」之一，與長孫無忌、蕭瑀、魏徵、李靖等人同列。虞世南經常為國事直言進諫，唐太宗很信任、倚重他，還曾**屢次稱讚他的「五絕」**，即德行、忠直、文詞、博學、書翰。從兄弟情深可以看出德行，從直言進諫可以看出忠直，從這首詠蟬詩可以看出文采。

論到博學，有一次唐太宗出行，隨從請示要帶哪些書籍在路上翻閱，唐太宗回答：「這次有虞世南同行，就不用帶書啦。」可見虞世南能當圖書館用。論到書翰，虞世南的書法師父是書聖王羲之的七世孫、隋朝書法家智永禪師，還有一個傳說，是唐太宗的書法師父就是虞世南。

唐太宗酷愛書法，但「戈」字總是寫得不太好。有一天，唐太宗寫一幅字時寫到戳，寫完左半邊的晉時，正在心裡有點發虛，正好虞世南來御書房奏事，唐太宗就讓他寫右半邊的戈。虞世南離開後，唐太宗剛剛寫完全篇，魏徵又來御書房奏事，唐太宗便讓魏徵鑑賞自己寫這幅字。魏徵瞇著眼端詳半天，豎起大拇指說：「這個戳字的右半邊，『戈』寫得真是好啊！」唐太宗哈哈大笑，讚嘆魏徵的書法鑑賞眼力高超，由此也更加看重虞世南的書法。

魏徵不說唐太宗除了戈字半邊之外，其他部分都寫得不行，這種語言藝術值得我們好好學習。虞世南得享八十一歲高齡善終後，唐太宗慨嘆：「世南一去，再也沒有人能同我探討書法了。」虞世南的後人也繼承他的書法基因，**他的曾外孫便是「揮毫落紙如雲煙」的草**

聖張旭。

除了以蔡京、康生等為代表的少數反例之外，「字如其人」的規律，在更多時候都能成立，書法好的人，多數品格也比較好，虞世南就是典型正例。他這首《蟬》的後兩句，是全篇比興寄託的點睛之筆。一般人認為蟬聲遠傳是借助秋風的吹送，虞世南卻強調「居高聲自遠」，比喻立身高潔的人自然能美名遠播，並不需要巴結權貴而求得幫助。他自己也是這樣身體力行的，詩亦如其人。

詠物詩的至高境界

唐朝的第二首著名詠蟬詩，則是駱賓王的《在獄詠蟬》：

西陸蟬聲唱，南冠客思侵。
不堪玄鬢影，來對白頭吟。
露重飛難進，風多響易沉。
無人信高潔，誰為表予心。

武則天作為皇太后臨朝聽政時，用各種藉口大肆清洗李唐宗室和忠於李唐的大臣，為改朝換代鋪平道路的意圖，已經是司馬昭之心路人皆知。駱賓王多次上書反對這種血雨腥風的做法，終於獲罪入獄，但身陷囹圄也沒閒著，寫下了這首詠蟬詩。他以「露重」、「風多」，比喻環境惡劣，以「飛難進」，比喻自己鬱鬱不得志，以「響易沉」，比喻自己激昂的言論受到壓制。蟬兒的生存環境艱難，自己也是如此。**詠物詩寫到這種物我渾融的境界，就連後世杜甫名篇《春望》**中的「感時花濺淚，恨別鳥驚心」，**也未能超越**。

後人總結說：虞世南的「居高聲自遠，非是藉秋風」是清華（品格高潔）人語；駱賓王的「露重飛難進，風多響易沉」是患難人語；李商隱的「本以高難飽，徒勞恨費聲」是牢騷人語。不一樣的人看著同樣的知了，因各自的境遇和心態不同，便可以比興昇華出不同的意境，實在是詩歌的妙處。

對懷才不遇的詩人們來說，胸懷濟世韜略，但仕途坎坷結局悲涼的賈誼，是他們共同的精神偶像和素材源泉。初唐王勃如此，盛唐李白如此，中唐劉長卿如此，到了晚唐李商隱還是如此，大家樂此不疲。李商隱的《賈生》一詩寫道：

宣室求賢訪逐臣，賈生才調更無倫。
可憐夜半虛前席，不問蒼生問鬼神。

賈誼被貶官到長沙三年之後，漢文帝又想起他了，便徵召他入京覲見。賈誼進宮時，漢文帝剛剛舉行過一場祭祀，坐在未央宮前殿的宣室接見他。漢文帝一向了解賈誼見聞廣博，就順口詢問關於鬼神之事，賈誼當即口若懸河的談論起來。漢文帝聽得興致盎然直到夜半，還不知不覺的向前移膝，靠近賈誼認真傾聽。討論結束之後，漢文帝很感慨的對身邊人說：「朕很久不見賈生，自以為現在見識已經超過他了，今天才發現仍是有所不及啊。」

在一般人的心目中，這大概是君臣之間相知相合的佳話，值得大加渲染讚賞。但李商隱卻獨具慧眼的抓住「問鬼神」這一點，先揚後抑，表面諷刺漢文帝，內裡影射當朝皇帝唐武宗堅持服用丹藥，幻想成仙而荒於政事。此詩貌似嘆惜賈誼未遇明君，實則在借古人的酒杯，澆自己的壘塊。

迴光返照

唐武宗的興趣愛好廣泛，但好像都不是靠譜的帝王應該喜歡的。除了對丹藥上癮，他還嗜好打獵，而且經常讓最寵愛的王才人盛裝騎馬跟從，感覺很拉風。李商隱為此寫了《北齊》，用北齊後主高緯寵幸淑妃馮小憐而荒淫亡國的那段歷史，進行諷諫：

一笑相傾國便亡，何勞荊棘始堪傷。
小憐玉體橫陳夜，已報周師入晉陽。

第三句正在醉生夢死的香豔，鏡頭一切換就是第四句生死存亡的險惡，電影蒙太奇般的手法，帶來強烈的對比。第三句的視角是「當局者迷」，第四句則切換到「旁觀者清」的角度，這種對比產生的藝術效果驚心動魄，是本詩的高明之處。

李商隱的另一首名作《樂遊原》，如今常常被老年人用以自況：

向晚意不適，驅車登古原。
夕陽無限好，只是近黃昏。

一般認為，此詩也是在抒發對唐武宗的憂慮。唐武宗本來性格英武，任用李德裕為相，對叛亂的藩鎮連戰連捷，在晚唐已經算是有為之君，所以李商隱說他「夕陽無限好」。但他過於寵幸王才人，又迷信道士服用長生丹而導致身體大損，有識之士都能看出他命不久長，所以李商隱又說他「只是近黃昏」。

本來晚唐詩歌在盛唐、中唐偉大前輩們的光芒照耀下，已到了「山窮水盡疑無路」的地步，而杜牧和李商隱卻又將唐詩領進「柳暗花明又一村」，推上最後一個高峰，但從歷史長河的眼光來看，這也只是「近黃昏」的迴光返照了。

一生不得志的李商隱在四十六歲即鬱鬱而終，舊交崔玨（按：音同決）肝腸寸斷，為之寫下《哭李商隱》一詩。後人對李商隱的評價，再也沒有能超越此詩的首聯：

虛負凌雲萬丈才，一生襟抱未曾開。
鳥啼花落人何在，竹死桐枯鳳不來。
良馬足因無主踠，舊交心為絕弦哀。
九泉莫嘆三光隔，又送文星入夜臺。

八叉八韻

經常拿李商隱兒子尋開心的溫庭筠，字飛卿，比李商隱大一歲。兩人是知交好友，合稱為「溫李」。溫庭筠是唐初宰相溫彥博之後，多才多藝，擅長各種樂器，號稱有孔就能吹、有弦就能彈，而且見聞廣博、文思敏捷。

有一次李商隱擬好了一個上聯：「遠比召公，三十六年宰輔。」召公是西周初期的大臣，與周公共同輔佐年輕的周成王，輔政三十六年，封地在燕，是後來燕國的始祖。召公輔政數十年，不但德高望重還能善終，令後人仰慕不已，這樣的大臣，在刀光劍影、血流成河的中國古代朝廷中，可謂鳳毛麟角，所以李商隱自己冥思苦想也對不出下聯。

當時溫庭筠正在李家做客，剛好教袞師玩字謎，看李商隱為對此聯絞盡腦汁，不由笑道：「何不對『近同郭令，二十四考中書』？」李商隱一聽，拍案叫絕。

原來郭子儀曾經擔任中書令，先後二十四次主持官吏的考核，在朝廷威望極高，而且也是富貴壽考。溫庭筠這個下聯對仗工整，而且顯示出他精通歷史、反應迅速，連李商隱都自嘆不如。

溫庭筠敏捷的才思，不但體現於對對聯這種雕蟲小技，在正式的科舉考場中，也照樣大殺四方。唐代考試詩賦多為六韻或者八韻，溫庭筠應試時，一叉手（按：即雙手交叉，為唐代的見面禮節之一）就能成一韻，八叉手而八韻成，所以人稱「溫八叉」。

其他考生還在默默研墨打腹稿，他已經交卷了。但即使擁有驚世才華，溫庭筠卻一直沒有考中進士，事情就壞在他飛揚跳脫的性格上。

令狐綯擔任宰相後大權在握，覺得比起那些豪門望族，自己家族人少勢微，數遍全中國總共也沒有多少人，聲勢實在不夠浩大。所以只要姓令狐的人來投奔，他就像對待自家人一樣予以照顧，盡力幫襯。以至於有個姓胡的人，聽說與宰相大人同姓頗有好處，就在自己的姓前加了個令字，以「令胡」去冒充。

一向愛開玩笑的溫庭筠聽說此事後，寫下「自從元老登庸後，天下諸胡悉帶令」兩句進行調侃。令狐綯和溫庭筠的關係原本不錯，但從李商隱一事，可以看出這位宰相並非肚裡能夠撐船之人，聽說此事之後不免心存芥蒂。

當時唐宣宗很喜歡詞牌《菩薩蠻》，令狐綯想投其所好，便偷偷請溫庭筠新填一首，打算自己署名進獻給皇帝來賺取印象分。溫庭筠冥思苦想數日，寫下此詞：

小山重疊金明滅，鬢雲欲度香腮雪。
懶起畫蛾眉，弄妝梳洗遲。
照花前後鏡，花面交相映。
新帖繡羅襦，雙雙金鷓鴣。

詞中對一位梳妝打扮中的女子進行精心描繪，秀麗的容貌和華貴的服飾，彷彿一幅完美的唐代仕女圖。但恰是用這種過於細緻不厭其煩的描寫，含蓄的暗示她內心的空虛寂寞、百無聊賴。尾句用鷓鴣的成雙成對，來反襯主人公對鏡自賞的孤獨，精巧含蓄、餘味不盡。

古代的詞牌有固定的旋律，只需填上詞就能拿來歌唱，無奈今天這些曲譜都已失傳。中國知名歌手劉歡，為此詞重新譜曲，作為電視劇《甄嬛傳》的插曲，來反映甄嬛「成功」後淒清的內心世界，非常貼切傳神。中國歌手姚貝娜的演唱頗有韻味，可惜英年早逝。

令狐綯將此詞獻給唐宣宗，龍顏果然大悅：「令狐愛卿此詞，可謂文才蓋世！」令狐綯自然是心花怒放，但嘴上還要謙虛一番，退下後趕緊囑咐溫庭筠，千萬不要將代筆的祕密洩露出去。

不料溫庭筠卻是個大嘴巴，一頓酒喝多後，就將此事告訴朋友，請他一起來保守這個祕密。這位朋友又請自己的朋友一起來保守祕密，這件事很快的就成為京城很多人共同的祕密。沒過多久令狐綯發現自己請溫庭筠代筆之事，從皇帝到同僚盡人皆知，不禁對他更加不

▲ 溫庭筠為《菩薩蠻》填新詞，講宮女內心的空虛。之後令狐綯以自己的名義，為皇上獻上此詞。

滿，但此事鬧將起來必丟顏面，只好暫時隱忍不發。

唐宣宗獲悉《菩薩蠻》的真正作者以後，十分欣賞溫庭筠的才華，就讓令狐綯帶他入宮覲見。一見到溫庭筠，宣宗便愣了一下，覺得這個容貌頗為醜陋之人好眼熟，自己似乎不久前剛在哪裡碰到過，一時也想不起來。

唐宣宗也是詩人，當時他自己有首詩正作到一半，上句內有「金步搖」一詞，但幾天來都對不出工整的下句，便試著問溫庭筠：「溫愛卿，你對得上『金步搖』嗎？」

步搖是古代女子插在髮髻間的飾物，類似於釵，其上垂有流蘇或墜子，走路時一步一搖，所以得名。金質的步搖是貴重的飾品，楊貴妃就愛佩戴此物，白居易《長恨歌》裡說她是「雲鬢花顏金步搖，芙蓉帳暖度春宵」。

溫庭筠不假思索脫口而答：「回陛下，可對之以『玉條脫』。」條脫是一種不太常見的女子臂飾，類似手鐲。玉質的條脫當然也很名貴。金對玉，步搖對條脫，非常工整。唐宣宗解決了困擾多日的問題，大喜之下當場重賞溫庭筠。令狐綯在旁邊陪笑，但並不曉得玉條脫是什麼東西，出自什麼典籍。

兩人從唐宣宗處告退出來，令狐綯趕緊詢問：「溫兄，你剛才所對的玉條脫是何物？出處何在？」溫庭筠答：「出自《南華經》，並不生僻。相爺在公務繁忙之餘，也該多讀點書，免得人家說『中書省內坐將軍』啊。」《南華經》就是《莊子》，莊子本來只是一位哲學家，漢朝道教形成以後，開始了造神運動，將他尊為神仙「南華真人」，將《莊子》一書尊為《南華經》。中書省是宰相辦公的地方，溫庭筠調侃令狐綯這位文官宰相，書讀得有點少，恐怕會被別人誤以為是腹無詩書、胸無點墨的武將。

悔讀南華

令狐綯聽懂溫庭筠的言外之意，一張老臉羞得通紅，回到家飯也顧不得吃，發奮秉燭夜讀，一口氣把《莊子》三十三篇八萬餘字，逐字讀透，還是沒能找到玉條脫。那時候還沒有電子文檔的檢索功能，如果放在今天，幾秒鐘就可以得出結果。

辛苦了大半夜，卻一無所獲的令狐綯惱羞成怒，再想起之前溫庭筠的種種狹促，自然對他懷恨在心，過了幾日便找機會偷偷對唐宣宗吹風道：「溫庭筠此人文采雖高，卻喜歡嘲笑他人，人品輕浮刻薄，並無溫良恭儉讓的大氣，非國家棟梁之材，實不宜讓他中進士做官。」

聽了令狐綯此言，唐宣宗驀然想起，為何自己總會覺得之前在哪裡見過溫庭筠。原來天子上個月曾經微服出行，在一家酒店偶遇了溫庭筠。溫庭筠並不認識唐宣宗，看對方雖然身著便服，言行卻很有派頭，心知不是平民百姓，就低聲問道：「兄臺可是任職司馬、長史之類？」這些算是地方中層官員。

唐宣宗微笑搖頭回答：「非也。」暗想自己氣質高華，你應該再往上猜。沒想到溫庭筠最喜歡捉弄人，明明看出對方自負身分，卻偏偏故意往下猜：「那兄臺必是文書、參謀、主簿、縣尉之類？」這些都是比司馬、長史小得多的基層官員。唐宣宗大為失望，心想難道自己的氣場，看上去就這麼像芝麻綠豆小官嗎？忍氣答道：「也不是！」說完便扭身走人。溫庭筠目送對方離去的背影，心中暗笑。他一天到晚習慣嘲笑別人，根本就沒把這件事情放在心上。

唐宣宗李忱是一位勤於政事的帝王，枕邊最愛讀物是《貞觀政要》。他一心想恢復國家在唐太宗、唐玄宗時代的光榮強盛，登基後勵精圖治，在內廷限制宦官專權，在外朝結束了延續四十餘年的牛李黨爭，在位十三年，年號大中，是晚唐一段難得的安定繁榮時期。到唐朝滅亡之前，百姓都很懷念「大中之治」，愛稱宣宗為「小太宗」。李忱原本喜歡微服出行、體察民情，但上次遇到賈島，這次遇到溫庭筠，被兩位詩人輕蔑奚落之後，就再也不願微服出宮了。

現在令狐綯奏說溫庭筠有才無德，使唐宣宗一下子想起來，上次在酒店那個言辭刻薄，使自己十分不愉快的，正是此人。不禁連連點頭：「令狐愛卿看人很準。讀書人以德行為先，文章為末技。此人德行既無可取之處，文章再好又何濟於事？白白身懷學識，只怕沒有什麼大用處。」令狐綯唯唯稱是，心中暗喜，出門就將皇帝對溫庭筠的評論大肆傳播。如此一來，溫庭筠再想中進士就毫無可能了，後來幾次科考都不出意外的名落孫山。

溫庭筠知道事情原委後，仰天長嘆悔不當初：「因知此恨人多積，悔讀南華第二篇！」「悔讀南華」成了學識淵博之人，慨嘆不為他人所容的典故。但《莊子》第二篇是《齊物論》，其中只有著名的「莊生夢蝶」，沒有什麼「玉條脫」；甚至整個《莊子》裡面，也沒有此語。所以只能得出結論：要不是當時溫庭筠記錯了，就是後人以訛傳訛。總之最無辜的就是令狐綯，溫庭筠自己記錯了出處，卻害得令狐大人一宿沒闔眼。

第三十三章

溫庭筠與才女魚玄機，無言的結局

在科場上連戰連敗的溫庭筠，對於仕途逐漸心灰意冷，既然進士及第的希望渺茫，他就另闢蹊徑，開創副業來賺取高額報酬。溫八叉不再浪費自己「一叉手則一韻成」的天賦，在長安城貼出小廣告，替人考場代筆，當然是收費服務。他有時在一場考試中叉手幾十次，竟能在**一個題目下，替好幾個人完成風格迥異的答卷**。這還不算，溫大才子出場後，不是低調悶聲大發財，反而得意揚揚的向他人誇耀：「我今天在考場上又救了好幾個人！」於是大家送了他一個綽號「救數人」。但這種高調的作風，使得他的副業沒能持續發展下去。

朝廷的考官們不怕溫庭筠說他們徇私錄取在道德上有問題，因為大家都這麼幹，不結黨營私反而是官場異類；但你不應用人盡皆知的收費作弊，來證明考官們在智商上有硬傷，太不給領導留面子了。

等到禮部侍郎沈詢主持科考時，乾脆不讓溫庭筠與其他考生同座，而特別安排他坐在自己面前，使得他根本沒法幫別人作弊。被斷掉財源的溫庭筠很生氣，當即大鬧起來。後果當然是他這次又沒能中，而且在經濟方面也顆粒無收。

商山行

溫庭筠在科舉上很不得志，索性好酒使性放浪形骸，跑到煙花勝地揚州去逍遙快活。路過揚州城外陳琳墓時，溫庭筠感傷自己與這位前輩的遭遇截然不同，寫下了《過陳琳墓》：

曾於青史見遺文，今日飄蓬過此墳。
詞客有靈應識我，霸才無主獨憐君。
石麟埋沒藏春草，銅雀荒涼對暮雲。
莫怪臨風倍惆悵，欲將書劍學從軍。

陳琳是三國時期的著名文人，也是建安七子之一。官渡之戰前，他為袁紹寫一篇言辭激烈的《為袁紹檄豫州文》，罵得痛快淋漓，上及人家祖宗三代，曹操讀得一頭冷汗，連頑固的偏頭痛都治好了。

袁紹失敗後，陳琳被俘歸降曹操。曹操不計前嫌，不僅饒恕且重用陳琳，重要書檄多出自其手。**溫庭筠羨慕陳琳**雖然經歷坎坷，但終能為心胸寬廣的霸主曹操所用，而自己空有一身文才，卻無人賞識提拔，難道非得投筆從戎另謀出路才有前途嗎？墳前臨風緬懷前賢，不禁倍感惆悵。

寫完這首懷古兼自弔的詩篇，受挫的溫庭筠，就到揚州城的煙花柳巷借酒澆愁，不料喝醉後，被值夜的都虞侯痛揍一頓，臉被打成豬頭，牙齒也被打掉兩顆。他酒醒之後火冒三丈，立刻找到正巧外放至揚州做地方行政長官的令狐綯，要求嚴懲打人者。

令狐綯把那都虞侯抓來一審，人家反咬溫庭筠狎妓酗酒、夜犯宵禁，還暴力抗拒執法，並出示自己被撕破的工作服為證。這下公說公有理、婆說婆有理，令狐綯只得將兩人都釋放了。不過很多人都懷疑，是令狐綯知道溫庭筠來到自己的地盤，故意派手下人整治他一番，以報「玉條脫」之憤。

溫庭筠哪裡受得了在一個小小的都虞侯面前顏面掃地？既然令狐綯指望不上，就跑回京城長安到處上訪，向所有認識的高官申訴自己是遵紀守法的良民，犯宵禁的罪名完全是被誣陷的。正好這時是欣賞他、且與令狐綯關係不睦的徐商擔任宰相，替他說了不少好話，還任命他為國子監的助教，以進入人人羡慕的公務員系統，作為精神補償。

第二年溫庭筠在國子監主持考試時，因為自己從前在科場屢遭不公平壓制，所以一反當時的風氣，嚴格公正的按照文采判定等級。考卷批點完成後，他還**把優等的三十篇張榜公布出來**，歡迎廣大人民一起監督，清正之風一時傳為美談。

但這種只看真才實學不看人際關係，而且榜之於眾的做法，顯然觸犯原來對判等很有影響力的權貴階層的利益。溫庭筠所判的優等詩文中，內容多有指斥時政、揭露腐敗，他還大力點評稱讚一番，更是激怒當政者。

在一次下班後的聚餐中，飛卿發揚他的音樂天賦，吹拉彈唱了一段小調，還稟性難移的大嘴巴譏刺時政，從高祖太宗一路梳理下來無人能逃。座中一位同事偷偷記下他的唱詞，宴席一結束，就跑去找皇帝打小報告，說飛卿人在體制內，吃著體制的大鍋飯，還私下貶損體制。唐宣宗便將飛卿貶到外地去當縣尉，這正是他之前用來調侃聖上的那種芝麻小官，可能天子陛下故意以此來教訓他一下。在赴任的途中，溫庭筠寫下《商山早行》：

晨起動征鐸，客行悲故鄉。
雞聲茅店月，人跡板橋霜。
槲葉落山路，枳花明驛牆。
因思杜陵夢，鳧雁滿回塘。

頷聯兩句可分解為十個名詞：雞、聲、茅、店、月、人、跡、板、橋、霜。但這純用名詞組成的詩句，卻將一幅旅人早行圖，刻畫得細緻入微、充滿動感，**是唐詩中描寫羈旅的名句**，蘇東坡也嘆為絕唱。

魚玄機

到了溫庭筠所處的晚唐，格律詩發展到無法突破的頂峰，幾乎所有的題材和領域都已經被探索窮盡。以至於有人說，**如今無論你處在任何環境、任何心情中，都能夠找到現有的唐詩詩句來表達**。

既然詩已經無可超越，詞這種更加靈活的形式，便開始綻放異彩，詩歌的發展即將通過晚唐和五代十國，而一躍邁入宋詞的輝煌時代。作為**花間詞派的鼻祖**，溫庭筠最負盛名的作品，大都是此時，開始逐漸走向詩歌舞臺中央的詞，除了那首《菩薩蠻》，還有這篇《望江南》：

梳洗罷，獨倚望江樓。
過盡千帆皆不是，斜暉脈脈水悠悠。
腸斷白蘋洲。

此詞和《菩薩蠻》同樣溫柔細膩，可見作者是一個性情敏感之人。清代學者田同之曾有言：「若詞則男子而作閨音，其寫景也，忽發離別之悲。詠物也，全寓棄捐之恨。無其事，有其情，令讀者魂絕色飛，所謂情生於文也。」該詞表面寫的是女子思念情郎，但實際非常可能是溫庭筠思念自己所繾慕的女子。這位溫庭筠生命中最知名的女性，就是唐朝四大女詩人中的最後一位，和李季蘭、薛濤、劉采春齊名的魚玄機。

魚玄機原名幼薇，字蕙蘭。古時的女子能有個大名已經很不錯了，因為魚幼薇的父親是個落魄秀才，所以還給女兒起了一個字。結果她人如其字蕙質蘭心，如謝道韞一般有詠絮之才。

父親因病過世後，幼薇的母親獨自帶著女兒生活沒有著落，只好在青樓裡靠幫人洗衣勉強餬口。當時的文人經常去青樓應酬唱和，幼薇年僅十三，就以其詩才在長安文壇中聲名鵲起。溫庭筠雖然外貌不太對得起觀眾，卻頗為風流，也常常混跡青樓，聽說幼薇的名氣，就找到她要考驗一下：「小姑娘，你可能以『江邊柳』為題，賦詩一首？」

年少的魚幼薇思索片刻，揮毫寫出一首《賦得江邊柳》：

翠色連荒岸，煙姿入遠樓。
影鋪秋水面，花落釣人頭。
根老藏魚窟，枝低繫客舟。
瀟瀟風雨夜，驚夢復添愁。

溫庭筠一讀之下大為嘆賞：「小小年紀就有如此文才，你將來的成就當可不在薛校書之下！」他看小幼薇眉清目秀、聰明伶俐，卻拖著瘦削的身體，在青樓中辛苦打雜，不禁心生憐愛，收其為弟子，既教她寫詩，也照顧她們母女的生活。時間就這樣慢慢過去，幼薇也一天天長大。等到溫庭筠因為在國子監判等放榜之事，被外貶離開長安之後，幼薇突然覺得心裡一下子空蕩蕩的，原來她已經**不知不覺愛上這位比自己大三十九歲的老師**。

情竇初開的幼薇開始不斷寫信給溫庭筠，表達自己的思念之情。如果「大叔控」幼薇遇到的是「蘿莉控」杜牧，兩人肯定會談一場天雷勾動地火的戀愛。溫庭筠雖然風流，卻深受儒家的「天地君親師」思想浸染，認為自己和學生之間有著不可逾越的鴻溝，非要堅守師生之間的界限。

一個中年心事濃如酒，一個少女情懷總是詩。溫庭筠該如何拒絕幼薇，而又不傷害她呢？最後，溫庭筠打算為她尋找一個好歸宿。以幼薇貧寒的家世，嫁到書香門第，做人家正妻是奢望；而以幼薇過人的才華，嫁給一個平常的販夫走卒做正妻，則會憋屈死她。飛卿思索良久，心想：為她找一個家世良好的才子做小妾，也許是最好的選擇。

步步錯

經過一番如同嫁女兒般精心的挑挑揀揀，溫庭筠將幼薇介紹給風頭正勁的新科狀元李億，就是前文中提到作品中有重字，而困擾過唐宣宗的那位。兩人倒真是一對金童玉女。李億納幼薇為妾後，兩人興趣相投，異常恩愛。

但李億的妻子見老公娶了這麼一個才色兼優的小妾，不由得醋意大發，先是尋釁將幼薇一頓責打，最後還將她趕出家門。無奈的李億只好將孤苦無依的幼薇，送進長安郊外的咸宜觀當道姑，承諾三年之內改變正房的想法，再接她回家。**幼薇出家之後**，**道號玄機**，從此江湖上就有了魚玄機這麼一號人物。

魚玄機對李億一往情深，在等待的歲月裡，寫下許多懷念丈夫的詩，期盼能夠早日重聚。雖然她望穿秋水，可惜漫長的三年之期過去後，團聚的希望還是終成泡影。絕望的魚玄機憤然寫下《贈鄰女》寄給李億：

羞日遮羅袖，愁春懶起妝。
易求無價寶，難得有情郎。
枕上潛垂淚，花間暗斷腸。
自能窺宋玉，何必恨王昌？

此詩用題目明示寫鄰家女子，其實是以此自況。美麗的女孩白天用衣袖遮住嬌顏，大好的春天也懶得梳妝打扮，她深深明白：在人世間求得一件無價珍寶都算容易，而尋找到一個有情有義的男子，作為伴侶卻難如登天。認清這個殘酷的事實之後，女孩夜晚在枕上默默垂淚，白天經過花叢間也暗暗斷腸。到此處筆鋒突然一轉，貌似大徹大悟：既然自己有如此才貌，只要願意去偷窺一眼宋玉那樣風流倜儻的才子，就能發展出一段故事，又何必怨恨王昌之類若即若離的人呢？

王昌是魏晉時的美男子，據說貌比潘安，引得無數女子為之傾倒，然而天性涼薄。唐朝詩人**常用「王昌」代指不靠譜的高富帥**，魚玄機在此便是以他代指李億。

既然死了心不再等待李億，魚玄機就開始和「宋玉」們打情罵俏的新生活，變成了豔名遠播的道姑。後來因為懷疑侍婢綠翹與自己的相好私通，盛怒之下失手打死綠翹。一步錯，步步錯，不敢聲張的魚玄機偷偷藏屍於後花園，被人發現後告至官府，最終被判死刑，在二十六歲妙齡就如花凋落。遠隔千里的溫庭筠，聽聞自己鍾愛的學生落得如此結局，只能長歌當哭、痛不欲生。他這才發覺自己竟然深愛著魚玄機，不禁流淚嘆息：「曾經有一個機會擺在我面前，我卻沒有珍惜，等到失去的時候才追悔莫及，人世間最痛苦的事莫過於此！」

而魚玄機的初戀愛人，應該也正是她的啟蒙老師。她寫過《冬夜寄溫飛卿》抒發思念之情：

苦思搜詩燈下吟，不眠長夜怕寒衾。
滿庭木葉愁風起，透幌紗窗惜月沈。
疏散未閑終遂願，盛衰空見本來心。
幽棲莫定梧桐處，暮雀啾啾空繞林。

籌筆驛

溫庭筠雖然相貌醜陋，卻滿有女人緣，魚美女就並未以貌取人。但前文曾經簡單介紹過的羅隱，年紀同魚玄機相仿，顏值和溫庭筠不相上下，桃花運可遠不如溫庭筠。

羅隱，字昭諫，在名裡明明已經隱退了，在字裡還不忘向君王進諫，真是很有「處江湖之遠，則憂其君」的政治熱情。他為了考進士，將自己的詩卷送到宰相鄭畋（按：音同田）府上以求賞鑑。鄭畋隨手翻閱，看到其中一首題目名叫《籌筆驛》，立刻大有興趣，因為二十年前李商隱就寫過一首同名詩：

魚鳥猶疑畏簡書，風雲常為護儲胥。
徒令上將揮神筆，終見降王走傳車。
管樂有才原不忝，關張無命欲何如？
他年錦里經祠廟，梁父吟成恨有餘。

籌筆驛在四川廣元之北，當年諸葛亮北伐中原之前，就是在此驛站籌畫軍國大事。李商隱曾在蜀地做官，路過籌筆驛時留下這首詠懷古跡之作。河中魚、空中鳥經過時，猶疑不定是敬畏諸葛亮嚴明的軍令，清風白雲護衛著他軍營的藩籬。可惜諸葛亮的揮筆運籌都是徒勞，扶不起的阿斗最終還是坐著傳車，經過此地投降魏國。雖然孔明有可比管仲、樂毅的才幹，但關羽、張飛這樣的良將都已逝世，無人可用的他又怎能建立什麼功業呢？筆者經過錦里拜謁武侯祠時，還吟誦了丞相所寫的《梁父吟》，為他抒發無窮的遺恨。

後世頌贊諸葛亮的詩有很多，有人評價唯**李商隱此詩，能與杜甫的名篇《蜀相》在伯**

仲之間，雖然稍嫌過譽，也確是一時佳作。已有李商隱《籌筆驛》的珠玉在前，鄭畋很好奇羅隱還能如何另闢蹊徑，便頗為認真的讀道：

拋擲南陽為主憂，北征東討盡良籌。
時來天地皆同力，運去英雄不自由。
千里山河輕孺子，兩朝冠劍恨譙周。
唯餘岩下多情水，猶解年年傍驛流。

孔明拋開在南陽的悠閒隱居生活，出山輔佐當時形勢窘迫的劉備，運籌帷幄北征東討。時運來的時候，天時地利一同幫忙，連強弱懸殊的赤壁之戰都能取勝，奠定天下三分之勢；而時運不濟的時候，正是「關張無命欲何如」，英雄也獨木難支不由自主。

他逝世三十年後，魏將鄧艾率軍偷渡陰平關襲擊成都，譙周勸得阿斗開城投降。父輩辛苦打下的蜀國千里山河，就此被輕鬆斷送，先主劉備、後主劉禪兩朝的文武功臣，必定切齒痛恨譙周。千秋功業如浮雲飄散，唯有山岩下的流水多情，仍舊年年依傍籌筆驛而流。

花解語

晚唐國運衰微，胸懷大志而又無力回天的宰相鄭畋，對諸葛亮的「出師未捷身先死」深有感觸，此詩自然使得他讚嘆不已，繼續一篇篇的吟誦卷中其餘詩作，不禁連連擊節叫好。他女兒從未見過父親如此模樣，大為好奇的討了詩卷翻閱。鄭大小姐對羅隱的懷古詩並不是很感興趣，但卷中的一首《牡丹花》牢牢的吸引她的目光：

似共東風別有因，絳羅高卷不勝春。
若教解語應傾國，任是無情亦動人。
芍藥與君為近侍，芙蓉何處避芳塵。
可憐韓令功成後，辜負穠華過此身。

此詩中用到了兩個典故。韓令指韓弘，韓弘曾擔任中書令，所以被尊稱為「韓令」。當時長安人崇尚賞玩牡丹已經有三十多年了，每到暮春時節，去上林苑賞牡丹的車馬隊伍，都會將整個京城堵成一個大停車場，和今天的北京很類似。韓弘到長安以後，見官邸中種植了不少美麗的牡丹花，眉頭一皺：「難道本官還要學小正太、小蘿莉們玩花弄草不成？」遂命令手下人將花兒盡數砍掉了。為了不玩物喪志，索性暴殄天物，這種思維非常人所有。

唐玄宗曾在宮中太液池畔宴請皇親貴戚，只見池中有幾枝千葉白蓮盛開，群臣紛紛指點觀賞。唐玄宗突然指著楊玉環自鳴得意的問眾人：「千葉白蓮雖美，比我這解語花如何？」大家的情商都很高，自然讚不絕口：「貴妃娘娘國色天香，勝於白蓮遠矣！」唐玄宗開懷大笑。白居易《長恨歌》描繪楊貴妃被逼自盡多年後，唐玄宗回到故地時的淒涼：「歸來池苑皆依舊，太液芙蓉未央柳。芙蓉如面柳如眉，對此如何不淚垂？」

蓮花，又叫水芙蓉。從此「解語花」便用來比喻聰慧可人的美女。後人更將其發展成一副妙對來形容絕色女子：「比花花解語，比玉玉生香。」《紅樓夢》第十九回是〈情切切良宵花解語，意綿綿靜日玉生香〉，「花解語」指花襲人溫柔規勸寶二爺，「玉生香」指寶哥哥聞到了林妹妹身上的香味，多情公子賈寶玉豔福不淺。

在《紅樓夢》第六十三回〈壽怡紅群芳開夜宴，死金丹獨豔理親喪〉中，眾女子掣（按：音同徹，抽取）花簽為樂，其實每人掣到的簽都大有深意，乃是作者暗示其命運的讖語。薛寶釵第一個掣，簽上畫一枝華貴的牡丹，題著豔冠群芳四字，其下便附「任是無情亦動人」，小字注云「在席共賀一杯，此為群芳之冠」，可見牡丹百花之王的地位無可爭議。

寶釵出身富貴，容貌也確是豔冠群芳，寶玉看她美麗豐腴的胳膊都能看傻。但聯想到此詩「可憐韓令功成後，辜負穠華過此身」中，韓弘砍牡丹的典故，寶釵即使如願的嫁給了寶玉，最終還是辜負穠華一場空。黛玉韶齡早逝，寶釵則守活寡，一對情敵都是紅顏薄命。

鳳求凰

鄭小姐對羅隱的《牧丹花》大為喜愛，不住喃喃嘆道：「任是無情亦動人，任是無情亦動人……。」一邊慢慢踱回香閨，連詩卷也忘了還給父親。到全家一起晚餐的時候，她依然魂不守舍，口中還在唸唸有詞。她突然抬頭問鄭畋：「爹爹，你請這位羅先生，來咱們家裡吃頓飯可好？」

據說中國作家錢鍾書先生，曾經這樣婉拒想認識他的讀者：「假如您吃了個雞蛋覺得不錯，何必非要認識那只下蛋的母雞呢？」一向對寶貝女兒寵愛有加、百依百順的鄭畋，知道她很想認識下蛋的母雞，過了幾日便大宴賓客，特地請了羅隱在其中。鄭大小姐悄悄躲在帳後窺探，這一招是從漢朝的著名才女卓文君偷窺司馬相如的故事中學來。

說起司馬相如，很多人以為他是手無縛雞之力的白面書生，事實上，司馬相如少時既好讀書作賦，又好擊劍騎射，雖然家徒四壁，但是名氣非常大。梁王請他寫了一篇《如玉賦》，司馬相如寫得美輪美奐，梁王大喜，贈他傳世名琴「綠綺」。連「白首太玄經」、「西蜀子雲亭」的揚雄也讚嘆說：「長卿的賦不像是來自人間，應該是神仙點化的吧！」漢景帝封司馬相如為「武騎常侍」，這個官職是要跟隨皇帝車駕游獵，在旁邊射猛獸保護皇帝。那可是飛將軍李廣才能勝任的工作，足見**司馬相如絕對是全國第一流的文才、琴藝、武功三絕**。但是司馬相如居然對這個職位不感興趣，辭職回到家鄉四川去享受美食，有才真是任性。

臨邛（按：音同窮）有位土豪卓王孫久慕相如的大名，在家設宴邀請他做客。當時，卓王孫的女兒因丈夫過世，所以返回娘家寡居。卓文君因為久仰司馬相如的文采，聽到他會來家裡做客，便從屏風後面偷看。

司馬相如發現後佯作不知，當受邀撫琴時便用「綠綺」彈奏了一曲《鳳求凰》。卓文君擅長音律，自然聽懂琴聲中傳達的愛慕，立刻被司馬相如的才情和風度深深吸引。宴會結束後，司馬相如託人以重金賞賜卓文君的侍女，託其向小姐轉達傾慕之意。

卓文君很有自由戀愛精神，於是逃出家門，與司馬相如連夜私奔回成都結婚。卓王孫大怒之下，和女兒斷絕關係。司馬相如和卓文君婚後，雖然夫妻恩愛，無奈家境貧寒艱難，於是合計想出一條妙策，回到臨邛開了一間小酒家。首富家的千金卓文君居然當壚賣酒，知名才子司馬相如則繫著圍裙洗滌杯盤，他們經營的酒家很快就遠近聞名，來看熱鬧的人川流不息、門庭若市，比真正來喝酒的客人多得多。

面對眾人的指指點點、口舌議論，夫妻倆安之若素，臉不改色、心不跳，顯示了過硬的心理素質。卓王孫聽說自己的寶貝千金，在城裡拋頭露面的賣酒，覺得一張老臉實在沒地方擱，只好派人送去僮僕百人、銅錢百萬，叫他們趕快回家，不要留在臨邛繼續給老卓家丟人現眼。坑爹的小夫妻贏得這場心理戰後，回到成都買地置宅，過上了富足小康的日子。

後來司馬相如的《子虛賦》得到漢武帝賞識，高官得做駿馬得騎，著實令岳父卓王孫風光了一把，老泰山遂獻金相認。功成名就的司馬相如打算納茂陵女子為妾，**卓文君察覺到**

夫君的刻意冷淡後，寫下中國歷史上最早的五言詩之一《白頭吟》，內有名句「願得一心人，白首不相離」，成功的挽回丈夫的心，兩人有驚無險的白頭到老。卓文君成為中國古代女子追求自由婚姻中，少數美滿案例之一，是風塵三俠之紅拂女的學習榜樣。

鄭大小姐希望羅隱能有司馬相如一般的風度才情，但當她隔簾偷窺之時，卻倒吸了一口冷氣。原來羅隱不但相貌醜陋，而且言行迂腐，和她心目中想像的相去甚遠。就像滿懷期待的網友會面之後的見光死，文學女青年在羅隱離開後，立刻燒掉自己之前私藏起來的詩卷，從此再也不吟詠他的作品。

羅隱比魚玄機大七歲，愛情宣言是「我很醜，可是我很溫柔」；魚玄機愛才而且不以貌取人，如果能和羅隱認識，可能倒是一段好姻緣。可惜兩人在茫茫人海之中一個向左、一個向右的錯過了。

第三十四章

錢鏐與羅隱，晚唐難得的明君賢臣

羅隱本來有望成為鄭畋的女婿，他這位擦肩而過的岳父可稱得上文武雙全。鄭畋很欣賞羅隱的《籌筆驛》，他自己也是以一首懷古詩《馬嵬坡》載入唐詩史冊：

玄宗回馬楊妃死，雲雨難忘日月新。
終是聖明天子事，景陽宮井又何人。

安史之亂爆發後，唐玄宗倉皇向四川出逃。途經馬嵬坡時禁軍譁變，殺死楊貴妃的哥哥奸相楊國忠，並且逼唐玄宗賜楊貴妃自縊，軍心方穩定下來。安史之亂被平定後，唐玄宗回長安途中，再次經過馬嵬坡這傷心之地，美人已逝多年。雖然日月常新，明皇依然難忘與貴妃的舊情。

被拿來作為反面對比的南陳後主陳叔寶，沉迷女色不理政事終於亡國，隋兵攻入禁宮之前，他還帶著寵妃張麗華和孔貴嬪，躲到景陽宮井之中，做埋首沙堆的鴕鳥，幻想著能夠逃脫，結果仍為隋兵所俘虜。跟陳叔寶相比，唐玄宗能夠懸崖勒馬賜死寵妃，還算是知錯能改的聖明天子，這才有朝一日重返長安。此詩表面是抑彼揚此，但唐玄宗晚年的舉動比起陳後主，實在所勝無幾，而且把他和歷史著名昏君放在一起比較，本身就有婉諷的意味，明眼人一看即知。這種含蓄委婉的表達作者褒貶態度的方式，就是微言大義的春秋筆法。

出將入相

鄭畋自己後來親歷唐末的黃巢之亂，並且在這場戰爭中，證明自己有出將入相之能。農民軍攻陷長安，使得「滿城盡帶黃金甲（按：出自黃巢的《不第後賦菊詩》，指受壓迫的百姓起義）」。寵信宦官田令孜而荒廢國事的唐僖宗，在此前效仿一百多年前的祖宗玄宗，提前逃入大後方四川。在跟隨僖宗遁蜀的人中，有一位名叫秦韜玉的幕僚，此人生無紀年，不知所終，因為依附田令孜而口碑不佳，卻為我們留下一首著名的《貧女》：

蓬門未識綺羅香，擬託良媒益自傷。
誰愛風流高格調，共憐時世儉梳妝。
敢將十指誇針巧，不把雙眉鬥畫長。
苦恨年年壓金線，為他人作嫁衣裳。

當時官軍在黃巢叛軍面前一敗再敗，而且僖宗逃入的蜀地音信難通，朝廷陷入一片群龍無首的混亂狀態，人們都認為唐室即將覆亡。但**鄭畋率兵在龍尾坡擊破氣焰高漲的黃巢軍**，並寫下《討巢賊檄》傳於四方，遂天下震動。**受到激勵的各藩鎮不再等待觀望**，紛紛出兵勤王。所以後人評論鄭畋道：「出將有破賊之功，入相有運籌之益。功成身退，始終俊偉，唐末諸相，惟畋優焉。」

羅隱既然失去了成為鄭畋女婿的機會，在仕途上更加無人施以援手。黃巢之亂被平定後，有大臣建議讓已經名聞天下的羅隱入朝做官，宰相韋貽范就給大家講小故事：「本官有次曾與羅隱同乘一條渡船，聽見船夫告訴他：『咱們這條船上，可坐有朝廷的大人哦。』哪知羅隱回一句：『什麼大人不大人的？我用腳夾筆寫的文章，都能頂得上好幾個這樣的大人！』如果要讓他入朝為官，只怕我們這些同僚，在他眼裡都是秕糠了。」大家一聽，都不願成為別人眼中的廢物，自然也就再沒人建議提拔這個恃才傲物的傢伙。羅隱聽說後怏怏不樂，寫了一首《送灶詩》自嘲：

一盞清茶一望煙，灶君皇帝上青天。
玉皇若問凡間事，為道文章不值錢。

落葉歸根

黃巢之亂使得朝廷對全國的控制力進一步被削弱，亂世英雄錢鏐（按：音同留）在浙江穩步崛起，從討平董昌叛亂占據一方，直至最終被封吳越王，成為獨立王國的國君。年過半百的羅隱考場、情場雙失意，鎩羽而歸至老家浙江，又不知此地的掌權者氣量如何，便託人將自己的詩集送與錢鏐，故意將懷古詩《過夏口》放在卷首，內有「一個禰衡容不得，思量黃祖謾英雄」一句，想看看對方的反應。

禰衡是漢末三國時人，和讓梨的孔融關係很好，孔融便向丞相曹操推薦禰衡做官。禰衡對已明顯有代漢之意的曹操十分不滿，兩人互相羞辱，但沒有對等實力的弱者去羞辱強者，基本等同於自殺。曹操看出這個眼高於頂的傢伙到哪裡都會得罪人，就用借刀殺人之計，派他出使至荊州牧劉表處。

禰衡到了荊州果然很輕慢，引得劉表大怒，而這個聰明人也和曹操一樣不願意背負殺害名士的惡名，就用了同一招，把禰衡打發去見自己手下的江夏太守黃祖。

禰衡到了江夏後正常發揮，繼續和黃祖發生言語衝突。黃祖是個粗人，不像曹操和劉表想那麼多，直接幹掉禰衡。羅隱就用黃祖容不得禰衡的故事，來試探錢鏐是否容得下性情剛直的自己。

錢鏐收到羅隱的詩集，明白這位名滿天下的才子有回歸家鄉、依附自己之意，大喜過望當即回信：「仲宣遠託劉荊州，蓋因亂世；夫子樂為魯司寇，只為故鄉。」仲宣是漢末名士王粲的字。王粲是建安七子之一，與孔融、陳琳齊名。本來家住關中，因亂世動盪而前往荊州依靠劉表。當年他曾去拜訪蔡邕，蔡邕正躺著休息，聽到家丁報告王粲來訪，高興得從床上跳起身來，連鞋子都顧不上穿好，倒穿著就跑出去迎接，留下一個成語叫作「倒屣相迎」。孔夫子曾在父母之邦魯國擔任司寇之職。**羅隱見錢鏐將自己與王粲、孔子相提並論**，頗為愛惜敬重，而且以鄉土之情相招，不由撚鬚點頭嘆道：「這樣我就不必離開故鄉了啊。」從此投靠錢鏐，擔任他的掌書記。

此時正好錢鏐被朝廷授予鎮海節度使之職，剛剛志得意滿的讓人起草一份謝表，其中為了炫耀自己的政績，將浙江的繁榮昌盛好一頓吹噓。羅隱一邊看草稿一邊搖頭：「浙江在大人治下的確是富甲天下，但如果將這樣措辭的謝表送到長安，朝廷定會要求浙江多多進貢。目前我們正要大搞基礎民生建設，自己的財政也很緊張呢。不如對經濟情況避而不談，多來一點兒美麗的風景虛詞，比如『天寒而麋鹿常遊，日暮而牛羊不下』之類的就好啦。」錢鏐一聽很有道理，便委託羅隱按此原則修改。等謝表送到長安，識貨的朝廷大臣們看了就說：「這是羅昭諫的文辭嘛。」

使宅魚

唐昭宗李傑改名為李曄時，羅隱代錢鏐寫了賀表，內有一句「左則姬昌之半字，右則虞舜之全文」。姬昌是為周朝開創八百年基業的周文王；虞舜名重華，也就是上古賢君堯舜禹中的舜。京師收到各藩鎮的賀表以後，都稱讚來自吳越的這份為諸鎮文采第一，尤其是將「曄」字拆得妙絕天下。錢鏐大有面子，因此對羅隱更加喜愛，公事宴飲均不離左右。羅隱依舊性情不改，喜歡高談闊論，言辭詼諧滿座生風。錢鏐若有不當之處，他也照樣直言進諫。

錢鏐很喜歡吃魚，便讓西湖上的漁家，每天都繳納幾斤活魚到府裡，名目是「使宅魚」。但如果有漁家當天打到的魚不夠規定的數目，還得去市場上買魚來交足任務，時間一長就成為額外的負擔。某天羅隱陪伴錢鏐觀賞一幅姜太公垂釣圖，只見畫上的姜太公白鬚、白眉，道骨仙風，錢鏐便對羅隱說：「文王求才若渴，方得太公輔佐，孤須好生效仿。先生可以此圖作詩，為孤之勉勵。」羅隱應聲就是一首：

呂望當年展廟謨，直鉤釣國更誰如？
若教生在西湖上，也是須供使宅魚。

商朝末年姜太公在渭水邊釣魚，直鉤、無餌、離水面三尺，分明不是釣魚而是釣周文王的。羅隱開玩笑說，若姜太公是在錢鏐治下的西湖邊，就算直鉤根本不可能釣上一條魚，也照樣會被要求繳納使宅魚，借此婉諷錢鏐吃魚的愛好，已經到了擾民的程度。**錢鏐聽了哈哈大笑，不但沒有生氣，還立刻下令從今往後廢除使宅魚**。杭州百姓聽說此事後，對羅隱的詼諧善諫和錢鏐的聞過則改，都讚賞有加。

錢鏐對羅隱益發看重，特地在杭州城中設了一個錢塘縣，讓他當縣令過過衣錦還鄉當父母官的癮，軍政大事也經常諮詢他的意見。看來錢鏐用人的氣量不僅遠勝黃祖，與知人善任的曹操相比也毫不遜色。

羅隱的前半生漂泊流離常鬱鬱，到晚年終於得志優遊，心情舒暢的活到七十多歲，讓我們這些喜歡為古人擔憂的人稍得安慰。從他臨終前寫給錢鏐的《病中上錢尚父》中，可以看出他對知遇之恩的滿懷感激：

左腳方行右臂攣，每慚名跡汙賓筵。
縱饒吳土容衰病，爭奈燕臺費料錢。
藜杖已干難更把，竹輿雖在不堪懸。
深恩重德無言處，回首浮生淚泫然。

錢婆留

據說錢鏐剛出生時相貌很醜、很怪異，其父錢寬見了，怕這嬰兒長大後和哪吒一樣，是個妖精禍害之類，抱起他走到屋後水井邊準備扔下去。還好善良的祖母捨不得這孩子，硬是將錢寬攔住了。那口水井就被稱為「婆留井」，如今遺跡仍在臨安城東。這種故事聽起來總令人覺得似曾相識，因為大人物的出生，一定要有點與眾不同的跡象，才符合其尊貴的身分，很可能是錢鏐發跡以後的附會。

錢寬對這個井口餘生的孩子很不待見，連名字都懶得為他起，於是周圍人就以他能存活的原因而叫他「婆留」。孩子長大成人後，認為自己這個小名太土，便去掉婆字，再以同音的鏐替代留，**土裡土氣的「錢婆留」，就變成高大上的錢鏐了**。

錢鏐的第一份工作是私鹽販子，和黃巢同行，看樣子這是晚唐最有潛力的職業。後來他在唐末動亂中，逐步占據吳越十三州，共八十六縣，以杭州為首府，範圍包括今天浙江、上海的全部和江蘇的南部，正是長江中下游平原的魚米之鄉，成為當時中國最富庶的藩鎮。

朱溫篡唐自立為帝後，改國號為大梁（史稱後梁），下旨冊封錢鏐為吳越王。面對這樣的巨變，錢鏐召集文武僚屬商議是否應該接受。羅隱堅決反對接受冊封：「朱溫乃篡國奸賊，大人理應嚴詞拒絕，並且興義師北伐中原，復興唐室。縱不成功，猶可退保杭、越，自為東帝，何必屈身以事逆賊？」

錢鏐一向對羅隱言聽計從，但在這次的大事上，卻搖頭自有主張：「當年江東的孫權在時機尚未成熟時，就曾經屈身於中原的曹丕，大家都讚賞他大丈夫能屈能伸的謀略。孫仲謀能做到的事情，難道孤就做不到嗎？如今我吳越雖然國富民強，但周邊各藩鎮強鄰環伺。孤若征討朱溫，鄰邦必乘虛來襲，我們將腹背受敵，百姓也會慘遭兵禍荼毒。孤一向以休兵息民為國策，不忍心興兵殺戮。」包括羅隱在內的群僚，聽了錢鏐這一席頭腦清醒的藹然仁者之言，都心悅誠服不再爭論。

錢鏐本以為，羅隱可能會因為年過半百都沒得到朝廷的重用，而心懷怨恨，如今唐朝覆亡，就算他不為出了口惡氣而欣喜，至少也不會為唐室說什麼好話。現在發現羅隱頗有復與李唐的忠心，雖然錢鏐因為形勢判斷而沒有採用他的建議，但也很欣賞他是一位不計個人恩怨的忠義之士。

還鄉歌

在錢鏐治理吳越的數年間，對內重農桑、興水利，對外一直遵循保境安民的基本國策。逝世前他還一再叮囑子孫「善事中國」，不可妄自尊大，將來不論混亂的中原如何「城頭變幻大王旗（按：指在混亂的時代，誰也不知道誰會奪得政權，出自魯迅的《慣於長夜過春時》）」，都要尊奉中原王朝為正朔，以得到對方至少在名義上的支持，避免輕起戰事。

錢鏐的子孫嚴格遵守了這一遺訓，所以與同時期中原的兵連禍結、干戈不斷相比，吳越百姓在大半個世紀中，免受戰爭殺戮之苦。直到錢鏐的孫子錢俶（按：音同觸）做吳越王時，看到北方強盛的趙宋政權，有結束五代十國亂世一統天下之心，而吳越一隅無力抗衡，便順應形勢將祖孫三代所經營的十三州獻土歸宋。

錢氏祖孫借中原戰亂之機割據吳越，與中原政權之間，並無不可調和的民族矛盾，歸順宋朝完全沒有向異族投降的性質，而是順應了當時的天下大勢。他們的執政理念，雖然在有些人看來，不夠忠義赤誠，但對普通百姓來說卻是善莫大焉。

與宋朝統一南唐尚需血戰搏殺相比，統一吳越則未死一人。在此事上錢俶不為一己尊榮而做困獸之鬥，使吳越百姓得以全璧入宋，其功其德令人感懷。雖然有人懷疑，錢俶是被氣量狹窄的宋太宗趙光義暗中毒死，但他入宋後被封王爵，安享十年的榮華富貴，活到六十一歲，在當時已屬高齡，對比其他亡國之君也可以心滿意足。

更重要的是，**整個吳越錢氏因錢俶之功得以保全，子孫世代顯貴成為大族**，源遠流長的家族門楣到後世益發光大，湧現了錢玄同、錢鍾書、錢學森、錢偉長、錢三強等一大批近現代名人，這是對錢鏐、錢俶祖孫以吳越人民生命福祉為重、以自己家族尊榮虛名為輕的執政理念，所給予的最好回報。

錢鏐很欣賞詩人，自己也會作詩。朱溫為了籠絡錢鏐，將他的家鄉臨安縣升格為安國衣錦軍，好讓他衣錦還鄉炫耀一番。錢鏐自然領情，回鄉祭掃先祖，大宴父老鄉親。席間他詩興大發，端著酒杯站起身來，吟出一首《巡衣錦軍制還鄉歌》：

三節還鄉兮掛錦衣，碧天朗朗兮愛日暉。
功成道上兮列旌旗，父老遠來兮相追隨。
家山鄉眷兮會時稀，今朝設宴兮觥散飛。
斗牛無孛兮民無欺，吳越一王兮駟馬歸。

大家對這首詩的風格一定覺得似曾相識。我們來對比一下漢高祖劉邦回老家沛縣時，所做的千古名篇《大風歌》：

大風起兮雲飛揚，
威加海內兮歸故鄉，
安得猛士兮守四方！

錢鏐作歌的場合和一堆兮字的風格，顯然是效仿《大風歌》的節奏，可見其志不小。但大老粗劉邦的《大風歌》用字淺白，而錢鏐的《還鄉歌》太過陽春白雪，鄉親們都聽不懂歌中之意，面面相覷無人喝彩。錢鏐一看冷場了，心中老大無趣。但他既能縱橫吳越，自是才智過人，轉念一想就明白過來，立刻改用鄉音高唱出一個下里巴人版本的《還鄉歌》：

你輩見儂底歡喜？
別是一般滋味子。
永在我儂心子裡！

一曲歌罷，滿座叫好彩聲雷動。錢鏐仰天大笑，舉杯一飲而盡。當天和父老們宴樂終夜，直至天明方才盡歡而散。

陌上花

錢鏐的原配夫人，是臨安縣裡一位賢慧的農家姑娘，前半生一直跟隨丈夫南征北戰擔驚受怕。錢鏐封王後，夫人自然成為尊貴的王妃，但在每年的歲尾，都要回鄉下娘家住一段時間，陪伴年邁的雙親過年，開春後再回到杭州城。錢鏐身邊雖然年輕貌美的姬妾甚多，依然非常掛念這位糟糠之妻。

有一年初春，他走出宮門，望見西湖堤岸和田間小路邊，已是繁花盛開、姹紫嫣紅，想到王妃回娘家有段日子了，頓生思念之情，便回到宮中提筆寫一封寥寥數語的書信，其中有一句：「陌上花開，可緩緩歸矣。」夫人接信後讀到這情真意切細膩入微之句，不覺惻然：「王爺的年紀大了，既然思念我而來信讓我回去，怎可有違呢？」當下傳令隨從，即日啟程返回杭州。

北宋蘇軾對一百多年前錢鏐治理杭州的成果欽佩有加，盛讚道：「吳越地方千里，帶甲十萬，鑄山煮海，象、犀、珠、玉之富甲於天下。然終不失臣節，貢獻相望於道。是以其民至於老死不識兵革，四時嬉遊，歌舞之聲相聞，至於今不廢。其有德於斯民甚厚。」

東坡擔任杭州知州時，專門去錢鏐家鄉臨安採集民風，聽到並且記錄了上面這個「陌上花開」的動人故事。蘇軾自己就是一位性情中人，所以能將錢鏐這件性情中事，記述得含情脈脈。另外他還寫了三首《陌上花》詩，其中一首如下：

陌上花開蝴蝶飛，江山猶似昔人非。
遺民幾度垂垂老，遊女長歌緩緩歸。

作為地方官，蘇軾一方面寫下「欲把西湖比西子，淡妝濃抹總相宜」的名句，成功推廣城市旅遊產業；另一方面動員杭州軍民疏浚西湖，並利用挖出的淤泥，構築成一道堤壩。當地百姓把它命名為「蘇堤」，以紀念蘇軾治理杭州的功績，我們今天可以在其上欣賞「蘇堤春曉」、「六橋煙柳」的絕美景色。

人民的眼睛是雪亮的，像錢鏐、蘇軾這樣真正為民著想的執政者，不需要自己去宣傳，其有形、無形的政績豐碑，都可在民眾心中流傳千年而不墮。

羅隱被錢鏐厚待多年的消息不脛而走，另一位詩人貫休和尚也慕名前來。貫休，俗姓姜，比羅隱年長一歲，和皎然一樣是唐朝知名詩僧。

貫休為避中原黃巢之亂來到吳越，也像羅隱那樣用詩人們的慣常招數「投詩問路」，將自己為錢鏐所寫的一首詩託朋友進獻。錢鏐聽說此詩來自大名鼎鼎的貫休和尚，立刻展開詩箋，朗聲讀道：

貴逼身來不自由，幾年勤苦蹈林丘。
滿堂花醉三千客，一劍霜寒十四州。

萊子衣裳宮錦窄，謝公篇詠綺霞羞。
他年名上凌煙閣，豈羨當時萬戶侯？

貫休此詩豪氣干雲，卻一點不像出自四大皆空的和尚之手，最多也就像少林寺中，一心習武荒廢佛法的武林高僧。不過他的確有預言天賦，唐昭宗後來果然將錢鏐的畫像掛入凌煙閣，與開國二十四位功勳之臣並列。當時錢鏐已經據有吳越十三州，再加上他的家鄉安國衣錦軍，可統稱為十四州。讀了貫休的這首《獻錢尚父》，尤其是那句氣沖斗牛的「一劍霜寒十四州」，錢鏐不住嘖嘖嘆賞。

但他突然覺得「十四州」的氣場還不夠強大，無法充分體現他的宏偉志向，便對來人道：「此詩甚好！你讓貫休大師將其中這『十四州』改為『四十州』，便來見孤吧。」朋友回去原話轉告，不料脾氣火暴的貫休一聽便勃然大怒：「州既難添，詩亦難改！」當即又吟出四句詩，讓朋友帶回給錢鏐作為答覆：

不羨榮華不懼威，添州改字總難依。
閒雲野鶴無常住，何處江天不可飛？

貫休吟罷，便收拾行囊飄然離開浙江遠赴四川，從此杳無音訊。這種暴脾氣也不像和尚，不過令人喜歡。一向愛才的錢鏐對於失去貫休頗為後悔，所以當又一位著名詩人皮日休窮途末路來投靠時，他立刻痛快的接納了。

第三十五章

曠世鉅作《秦婦吟》，埋沒千年終問世

皮日休，字襲美，比羅隱小五歲，比魚玄機大六歲，是他倆的同齡人。他自號鹿門子，又號間氣布衣、醉吟先生。最優秀的作品是七絕《汴河懷古》：

盡道隋亡為此河，至今千里賴通波。
若無水殿龍舟事，共禹論功不較多？

詩中的汴河，便是引發杜牧「浮生恰似冰底水，日夜東流人不知」之嘆的河流。隋煬帝年間，徵發無數民工，消耗大量財力、物力，開掘名為通濟渠的大運河，連接洛、黃、汴、泗、淮各水系，從洛陽直抵杭州。大運河在汴水那一段，習慣上也被稱為汴河，所以汴河懷古即大運河懷古。

唐人常反思殷鑑不遠的隋朝之亡，基本上都認為隋煬帝開掘大運河窮耗民力是一個重要的原因，這個觀點到今天仍有很多人認同。看起來皮日休是打算為大運河翻案。

百年之利

翻案這種事情，好處是標新立異奪人眼球，但同時要做到不悖情理，卻大為不易，只要功力稍微不足，必被砸得頭破血流。皮日休第一句從隋亡於開掘運河的論調開篇，第二句便進行批駁。**大運河使南北交通得到顯著改善，對南北方的經濟聯繫與政治統一，均有莫大好處**。「千里」反映出得益的地域之遼闊，「至今」反映出造福的時間之長遠，大運河的百年之利，在中國古代工程中確實首屈一指。第四句甚至用大禹來做對比，以反問句式強調：大運河澤被後世的歷史功績，難道不比大禹治水更高嗎？

皮日休為大運河翻案，卻沒為隋煬帝翻案。第三句以「若無水殿龍舟事」作為前提，而這個假設條件明顯不成立。當年大運河竣工後，好大喜功的隋煬帝率眾二十萬人浩浩蕩蕩出遊，自己乘坐四層高的「龍舟」旗艦，其餘妃嬪、百官、侍從乘坐三層高的「水殿」大船多艘，此外無數大小雜船前後三百餘里遮蔽江面。

拉船的勞工將近萬人，均身穿造價不菲的彩服。即使到了夜間，水陸兩面依舊燈火通明、直映蒼穹，其奢侈靡費在歷史上罕有與其匹敵的。

大禹為民治水，三過家門而不入，名垂千古；隋煬帝為一己之私，而窮奢極欲，搞得民不聊生、國破身亡，遺臭萬年。作《玉樹後庭花》的陳叔寶死後，楊廣認為他荒淫無道，給他的謚號為煬（去禮遠眾，稱為煬）。沒想到楊廣死後，李淵給他的謚號也是這個煬字。看來人有知人之明固然很難，有自知自明則是更難。

晚唐政治腐敗，國家已經漸漸走上隋朝滅亡的老路，但一般人對於前車之鑑的感覺已經麻木遲鈍，皮日休卻很敏銳的用詩來諷諫。他後來進士及第，可一直未受重用，擔任的始終都是芝麻小官。黃巢造反攻入長安建立朝廷，聽說皮日休才高八斗，便封他為翰林學士，看來比唐僖宗識貨。不管是主動投靠或被動當官，反正皮日休最終接受，成為唐朝的叛臣。

黃巢敗亡後，皮日休下落不明。有人說他是被黃巢所殺；也有人說他是因不容於唐廷，於是改名換姓遠逃東南投靠錢鏐，被惜才的吳越王悄悄收容在幕府之中，最後得以善終。

除了詩，皮日休還寫過很多一針見血針砭時局的小品文字，比如「古之殺人也怒，今之殺人也笑」，又如「古之置吏也將以逐盜，今之置吏也將以為盜」。魯迅先生評價說：「皮日休和陸龜蒙自以為隱士，別人也稱之為隱士。而看他們在《皮子文藪》和《笠澤叢書》中的小品文，並沒有忘記天下，正是一塌糊塗泥塘裡的光彩和鋒芒。」

花之君子

這位陸龜蒙與皮日休齊名，兩人是摯友，時常一起飲酒吟詩，世稱「皮陸」。陸龜蒙最有名的詩作之一，是《白蓮》：

素花多蒙別豔欺，此花真合在瑤池。
無情有恨何人覺？月曉風清欲墮時。

詩歌感嘆華而不實的人，往往得到欣賞重用，樸實無華潔身自好的人，卻被忽視欺凌，沒沒無聞的埋沒消逝。可見陸龜蒙的懷才不遇、孤芳自賞，都寄託在白蓮上了。類似的抱怨我們在唐詩中，已經讀得太多，本來應有審美疲勞，但是他最後兩句描寫曉月當空晨風輕拂之時，白蓮花瓣即將在無人知覺中悄然墜落，詩意非常濃郁，的確可以觸動人心底最柔軟之處，這是此詩被稱為名篇的精華所在。

與陸龜蒙此詩相映成趣的，是劉禹錫那首牡丹花詩壓卷之作《賞牡丹》。在《甄嬛傳》中，認為低調會死的華妃，在頭上簪了一枝芍藥，得意揚揚的自誇芍藥鮮妍嬌豔，以此譏諷皇后雖為正宮卻不得寵，讓口舌之功遜色的皇后娘娘很沒面子。滿腹詩書的甄嬛看不過眼，便吟誦劉禹錫的這篇名作：

庭前芍藥妖無格，池上芙蕖淨少情。
唯有牡丹真國色，花開時節動京城。

芍藥花形與牡丹相似，也是極美的觀賞花卉，因其為草本，又稱「沒骨牡丹」；相對應的，牡丹也被稱為「木芍藥」。如果說牡丹是百花之王，芍藥就是王者的近侍。詩歌明說芍藥草本沒有骨格，實則借指它沒啥格調。芙蕖是蓮花的古稱，劉禹錫評價它雖然乾淨素雅，卻是缺少情韻。唯有牡丹才是國色天香，它不開則已，盛開時，必定轟動京城萬眾矚目。甄嬛一方面恭維皇后的無與倫比，另一方面譏刺華妃妖豔但沒格調，讀書人罵人不帶髒字。

自從洛陽牡丹傲視武曌甲天下以來，劉禹錫「**唯有牡丹真國色**」的定調在先，羅隱「**任是無情亦動人**」的推波助瀾在後，雍容華貴高高在上的牡丹，一直穩居百花之首。但隨著時間的推移，**牡丹從被貶不屈逐漸演變為入世富貴的象徵**，比如薛寶釵的花語就是牡丹。陸龜蒙的《白蓮》反映出立身高潔、不願同流合汙的人們，開始從蓮花中尋找精神共鳴。

到了宋朝，周敦頤寫出《愛蓮說》：「出淤泥而不染，濯清漣而不妖，中通外直，不蔓不枝，香遠益清，亭亭淨植，可遠觀而不可褻玩焉。」賦予蓮花崇高地位，有「花之君子」之稱。時至今日，夏蓮、秋菊、冬梅這三種特立獨行、很有性格的花卉，在文化形象上，均與花王牡丹不分軒輊，可分庭抗禮了。

陸龜蒙的這首《白蓮》淒美柔婉，另一首名作《別離》，則詩風突變為慷慨激昂：

丈夫非無淚，不灑離別間。
杖劍對尊酒，恥為遊子顏。
蝮蛇一螫手，壯士即解腕。
所志在功名，離別何足嘆。

城南韋杜

溫庭筠除了和李商隱齊名為「溫李」，還和韋莊齊名為「溫韋」。韋莊，字端己，名和字組合起來很「端莊」。其實他比溫庭筠要小二十幾歲，算是晚輩；比羅隱小三歲，比魚玄機長八歲，他們才是一代人。他爺爺的爺爺，便是「野渡無人舟自橫」的韋蘇州韋應物，可謂家學淵源。其實韋家從漢朝起已經是名門望族。

漢朝皇帝在世時，就開始為自己營建陵寢，並在附近開發一片新的高檔住宅區，將高官貴胄、名紳富戶遷入其中，等皇帝駕崩後葬入陵墓，這個社區發展已經很成熟、熱鬧了。皇帝大概覺得，這樣自己在百年之後的夜裡出來走走，看見這麼旺的人氣也不寂寞。

漢宣帝在長安城南為自己修築陵墓「杜陵」，高官韋玄成、杜延年也把家搬到那裡，後來發展成兩大家族世代聚居於此。韋家到了有唐一代，成為頂級世族，**出過十七位宰相**，還有那位想學婆婆武則天當女皇帝的唐中宗之妻，韋后。韋家所住的那一片高檔住宅區，被人們稱為「韋曲」。

從韋曲向東走五里，有一群同樣顯赫的鄰居，他們姓杜。杜家在唐代出的宰相只有八位，在這一點上不及韋家，但是他家的名人品質明顯更高，包括「房謀杜斷」的凌煙閣功臣名相杜如晦（按：房謀杜斷是指房玄齡跟杜如晦。房玄齡善於謀劃，而杜如晦則善於判斷，兩人均深得李世民信任）、詩聖杜甫、杜牧以及他爺爺宰相杜佑。杜家所居的社區，就稱為

「杜曲」。

杜陵東南十餘里有一座小陵，是漢朝許皇后的陵墓，稱為「少陵」。杜甫在這一帶住過十年，所以在詩中常自稱「杜陵布衣」、「少陵野老」，後人便稱他為「杜少陵」。在少陵邊，有一片起於韋曲的平川，漢高祖劉邦曾將其賜給鴻門宴上的猛將樊噲，因此這平川叫作「樊川」。杜牧晚年落葉歸根住在這裡的小別墅中，後人便稱他為「杜樊川」。樊川杜曲有個桃溪堡，崔護那個「人面桃花」的故事就發生在這裡，所以詩名《題都城南莊》。

因為城南這韋杜兩家在唐代極其顯赫，所以當時有諺語「城南韋杜，去天尺五」，可見其貴盛，類同東晉的「王謝堂前燕」。中華民國大總統黎元洪下臺以後住在上海，青幫頭子杜月笙對他非常善待，黎前總統的祕書長為此贈送杜月笙一副對聯：「**春申門下三千客**，**小杜城南五尺天**」，就是從這句名言化出來的。

故劍情深

既然提到杜陵和少陵，不得不提提陵墓主人漢宣帝劉詢（原名劉病已），與其皇后許平君之間感人的愛情故事。漢武帝死後，霍去病的同父異母弟弟、大將軍霍光執掌朝政，輔佐即位的漢昭帝劉弗陵。

昭帝才年過二十就駕鶴西歸，身後無子，霍光擁立武帝之孫昌邑王劉賀為帝。結果這位新皇帝一步登天後，生活放蕩不堪，整天尋歡作樂不務正業，望之不似人君。為國家前途憂心忡忡的霍光在二十七天之後，廢掉劉賀，這個廢誠然是很正確的，可是也反映出一個月前立得實在太不謹慎。霍光聽說武帝的曾孫劉病已賢明，就立他為帝，是為漢宣帝。

劉病已既賢且長，可見霍光立他並非為了自己的權欲，而是為了江山社稷，所以後世把霍光與曾經放逐又復立商王太甲的名相伊尹，並稱為「伊霍」。霍光獨攬大權期間，採取休養生息的國策，獎勵農桑、多次大赦，使得文景之治後，被武帝窮兵黷武政策所耗空的國力，得到一定的恢復，這段時期加上後來的宣帝一朝，史稱「昭宣中興」。再後來，那些出於個人野心，擅行廢立皇帝之事的權奸，都號稱自己在仿效伊霍，則全是掛羊頭賣狗肉了。

宣帝看了劉賀的前車之鑑，知道自己的生死存廢，完全決定於權勢熏天的霍光，內心很是害怕。他即位後乘坐馬車去謁見祖廟，霍光近在咫尺的坐在一側陪侍，面容嚴峻憂國憂民，宣帝只感到渾身不舒服，好像有芒刺在背上那樣難受。這個就是**「芒刺在背」的出處**。

劉病已的爺爺即是在「巫蠱之禍」中，冤死的衛太子劉據（劉病已繼位後，追諡為戾，以表其冤屈，故又稱戾太子），劉據的母親是大名鼎鼎的衛子夫衛皇后，舅舅是名氣更大的「不敗由天幸」名將衛青。劉病已剛剛出生數月即逢巫蠱之禍，漢武帝寵臣江充陷害衛太子，劉據起兵失敗，與皇后衛子夫相繼自殺。劉據的三子一女皆死，唯獨襁褓中的劉病已逃過此劫。劉病已長大成人後，娶了許平君為妻。許平君溫柔賢慧，在劉病已最困難的日子裡，與他患難與共、相依為命，讓這位落魄皇孫感受到家庭的溫暖，並在婚後一年，為他生下後來成為漢元帝的兒子劉奭（按：奭音同世，其妻王政君是中國歷史上壽命最長的皇后之一），同年劉病已被霍光擁立為帝。

當時幾乎所有大臣，都在霍光家族的威逼下，要求讓霍光的女兒霍成君當皇后，上官太皇太后（按：昭帝的皇后、霍光的外孫女，中國歷史上最年輕的皇后、皇太后、太皇太后）也對宣帝施加強大的壓力。就在這樣的重壓之下，宣帝下了一道詔書說：「朕在貧微之時曾有一把舊劍，現在朕非常懷念它，眾位愛卿能否幫朕將它找回來呢？」腿腳快的大臣們趕快去找劍了；腦子快的大臣們，則很快透過「故劍」二字，品出這道史上最浪漫詔書的真意：「皇上連貧寒時用過的一把舊劍都念念不忘，這樣戀舊之人，又怎麼會將曾經與自己相濡以沫的妻子拋棄呢？」於是趕快迎合上意，聯名奏請立許平君為后，宣帝自然御准。這個典故就叫作**故劍情深**。

但霍光夫人一心想讓女兒坐上皇后的寶座。當許皇后再度懷孕生下一個女兒之後，霍夫人命御醫在滋補湯藥中下毒，許皇后服用後即毒發逝世。宣帝非常悲痛，將她葬於杜陵南園，稱為「少陵」。這個典故被稱為**「南園遺愛」**。

白富美霍成君如願以償登上皇后寶座，飛揚跋扈揮金如土，令宣帝心中十分厭惡。但宣帝此時展現了成熟政治家的手腕，裝作對霍成君及霍家百依百順、信任有加，而霍皇后也沒有為宣帝誕下子嗣，不知道是否與《甄嬛傳》中的華妃沒有子嗣原因相同。

熬到霍光去世後次年，宣帝開始動手為許平君昭雪冤情，先為許父封侯，並立許平君的兒子劉奭為太子。政治敏感度很高的霍光夫人對此非常惱怒，吃不下飯反而吐血，授意霍成君毒殺太子，但太子的老師總是先試菜驗毒，所以幾次下手均未成功。

又過了一年，再也忍不住的霍家，發動政變想讓江山改姓霍，未遂而招致族滅，終於等到這一天的宣帝廢了霍皇后。至此，宣帝終於為結髮妻子許平君報仇。霍成君在多年後自殺。與見異思遷的曾祖父武帝劉徹相比，**宣帝與許平君的故事，是漢代歷史中難得的一絲溫暖**，在中國整個帝王婚戀史中，也是黑暗中少有的一抹亮色。

莫還鄉

王國維評價韋莊「情深語秀」，至於是哪種秀還有進一步的分類：「溫飛卿之詞，句秀也。韋端己之詞，骨秀也。李重光（李煜）之詞，神秀也。」也就是認為韋莊的成就，雖然不及後主李煜，但在溫庭筠之上。

《菩薩蠻·小山重疊金明滅》是溫庭筠的代表作，而韋莊的《菩薩蠻》也同樣膾炙人口：

人人盡說江南好，遊人只合江南老。
春水碧於天，畫船聽雨眠。
壚邊人似月，皓腕凝霜雪。

未老莫還鄉，還鄉須斷腸。

此詞對江南之美的描寫得蕩人心魄，但更令人感慨的，則是尾句所表達出來的無奈。相對於中原的狼煙四起塵土灰黃，「春水碧於天，畫船聽雨眠」的江南無疑是人間天堂。韋莊端詳酒店老闆娘金鑲玉那雪白的手腕，也能看呆，絕對是個多情種子。遊子的心中總是惦記家鄉，盼著能夠早日歸去。但這在可見的將來都是一種奢望，因為此時中原一片戰亂，自己就是逃難出來的，又怎麼回得去呢？恐怕不得不在這煙雨江南待上幾十年吧。

韋莊之所以逃出中原，可以從他的長篇敘事詩《秦婦吟》中找到答案。這位才子從年輕時就開始考進士，可是一直沒能中。好在他的神經和孟郊同樣堅強，屢敗屢戰的精神也是同樣可嘉，依然每年應考，立志不考中絕不收手。所幸他是長安人，每年參加一次考試，不需要經歷旅途辛勞，也不需要昂貴的路費。看來從古至今住在大都市都有額外的好處，不然你能想像為考公務員，而一直當北漂的日子嗎？

韋莊就這樣從滿頭青絲，一直考到兩鬢斑白，到了四十六歲那年，想想前輩孟郊正是這個年紀進士及第，老而彌堅的韋莊滿懷期望的再次應考，卻沒想到這一年黃巢亂軍殺入長安，倒楣的韋莊就被困在戰火紛飛的都城之中。

孟子曰：「天將降大任於斯人也，必先苦其心志，勞其筋骨，餓其體膚，空乏其身，行拂亂其所為，所以動心忍性，曾益其所不能。」韋莊就是「斯人」。他在戰亂中逃出長安來到洛陽之後，將自己在顛沛中的耳聞目睹，寫出第一人稱的紀實長詩《秦婦吟》，也因此躋身唐朝一流詩人的行列。詩歌透過虛擬的秦婦，即一位身陷長安後來逃離的婦女之口，為我們展現了那個艱難動盪時世的各個方面。此詩篇幅長度超過《長恨歌》和《琵琶行》，是唐代最長的敘事詩，也是中國詩歌史上著名的長篇敘事詩之一。

秦婦吟

《秦婦吟》剛誕生就廣為流傳，韋莊因此被稱為「秦婦吟秀才」，名滿天下。但今天知道《秦婦吟》的人，比知道《長恨歌》、《琵琶行》的人少太多，一個重要的原因，是中國中小學教材裡，對這首現實主義長篇史詩隻字未提。這是為什麼呢？

中國傳統課本中的黃巢起義，是代表革命一方的貧苦農民，武力反抗代表反革命一方的封建腐朽王朝，被冠上了滿滿的正義感和使命感。但近年也有不少資料評論黃巢是個殺人魔王。大家都說歷史是任人打扮的小姑娘，要想在各種資料中沙裡淘金更接近真實，公認靠譜的途徑，就是盡可能在接近當時的文獻中，獲取資訊。而《秦婦吟》正是沒有時間差的現場作品。雖然我們如今對於古代婦女在戰爭中，被當作戰利品的苦難命運，已經見慣不驚，但《秦婦吟》中所記錄的黃巢農民軍進入長安以後，廣大女性的悲慘遭遇，還是令人觸目驚心。如果在被搶時逆來順受，與丈夫從此一生分離，在刀槍叢中與強盜們一起吃人，那已經是最好的結局：

東鄰有女眉新畫，傾國傾城不知價。
長戈擁得上戎車，回首香閨淚盈把。
……
有時馬上見良人，不敢回眸空淚下。
……
夜臥千重劍戟圍，朝餐一味人肝膾。

只要有一點性格、敢於對強暴稍有反抗的女子，無不命喪黃泉、身死家滅：

西鄰有女真仙子，一寸橫波剪秋水。
妝成只對鏡中春，年幼不知門外事。
一夫跳躍上金階，斜袒半肩欲相恥。
牽衣不肯出朱門，紅粉香脂刀下死。
南鄰有女不記姓，昨日良媒新納聘。
琉璃階上不聞行，翡翠簾間空見影。

忽看庭際刀刃鳴，身首支離在俄頃。
仰天掩面哭一聲，女弟女兄同入井。
北鄰少婦行相促，旋拆雲鬟拭眉綠。
已聞擊托壞高門，不覺攀緣上重屋。
須臾四面火光來，欲下回梯梯又摧。
煙中大叫猶求救，梁上懸屍已作灰。

凡是女性讀者，或者有女性親人的讀者，只要能稍微設身處地想一下，就能明白那樣的人間地獄對一個人、一個家庭意味著什麼。一場徹底的燒殺搶掠之後，長安城變得滿目瘡痍，滿街屍骨無人收葬：

家家流血如泉沸，處處冤聲聲動地。
……
長安寂寂今何有？廢市荒街麥苗秀。
……
昔時繁盛皆埋沒，舉目淒涼無故物。
內庫燒為錦繡灰，天街踏盡公卿骨。

對於這個鮮血淋漓的場面，前些年中國某些解讀唐詩的書籍，認為是「腐朽的地主統治階級，得到了應有的下場」。近些年風向變了，大概覺得這樣的評論太血腥戾氣，則不屑的說《秦婦吟》中的詩句，是韋莊這個萬惡地主階級知識分子的汙蔑之辭，目的是潑汙水醜化農民起義。

這種階級鬥爭政治掛帥的眼界，也正是本詩在幾十年來遭受冷遇的原因，使得如此傑出的紀實作品，居然不能入選教材。

這些人並不是因為看見了某些東西才相信某種理論，而是因為相信某種理論，才挑著看他們想看見的東西。就在這首詩中，韋莊借一位虛擬的「新安老翁」，對唐朝官軍的表現也進行如實記錄：

千間倉兮萬絲箱，黃巢過後猶殘半。
自從洛下屯師旅，日夜巡兵入村塢。
匣中秋水拔青蛇，旗上高風吹白虎。
入門下馬若旋風，罄室傾囊如卷土。
家財既盡骨肉離，今日垂年一身苦。
一身苦兮何足嗟，山中更有千萬家。

韋莊揭露朝廷官軍在掠奪民眾財物時，絲毫不遜於農民軍，甚至可說是更加搜刮淨盡。如果對官軍的描寫是真實的，對黃巢軍隊的描寫自然也是可信的。他並沒有像現在那些批駁他的人一樣，為特定的一方辯解來換取榮華富貴，而是將所有的見聞，儘量客觀的記錄下來，對人的生命充滿了悲憫之情。這種詳實、客觀和悲憫，使得《秦婦吟》成為一首偉大的詩作。

讀者從中可以發現，唐朝的覆亡是統治者為政糜爛的咎由自取。而農民起義，也不過是貧苦人活不下去，才揭竿造反，成功後進城便搶錢搶女人，想當官的當官，想當皇帝的當皇帝，換一撥人上臺搞腐敗而已，自古皆然：

還將短髮戴華簪，不脫朝衣纏繡被。
翻持象笏作三公，倒佩金魚為兩史。
朝聞奏對入朝堂，暮見喧呼來酒市。

在這裡我們只看到人性的自私、貪婪和殘忍，看到一群人想取代另外一群人，卻實在看不到教材上，所謂「推動歷史進步」的高大意義。一個巨變時代中的乾坤反覆、生靈塗炭，在《秦婦吟》中盡皆體現。**如此宏偉壯闊的畫面，即使杜甫、白居易也未能創造過**。

正因為忠實記錄朝廷官軍的行為，也據實撰寫「天街踏盡公卿骨」這種悲慘下場，韋莊的詩，在當時就不受高層的待見。韋莊年老後投奔西川節度使王建，擔任掌書記。在朱溫篡唐建梁後，韋莊勸說王建在成都自立為帝，並為之擔任宰相。而當年黃巢軍進攻長安時，與之作戰的唐朝將領中，就有如今的前蜀皇帝王建，他的部隊在搶掠民宅方面業績斐然。所以韋莊後半生很諱言這首得意之作，擔心領導看了不高興，在自己的作品集《浣花集》中也不敢收錄，**導致該詩從中國詩歌史上，就此匪夷所思的消失一千多年**，從宋至清，徒知其鼎鼎大名而不見其文字。直到二十世紀初，敦煌石窟發現一批珍貴文物，其中竟然有這首失傳已久的《秦婦吟》，真讓人不禁要仰天長嘆，感謝上蒼！

臺城空

韋莊在江南躲避黃巢之亂的戰火，客遊金陵時寫下了懷古詩《臺城》，這是入選課本的佳作：

江雨霏霏江草齊，六朝如夢鳥空啼。
無情最是臺城柳，依舊煙籠十里堤。

臺城原是三國時東吳的後苑城，東晉成帝在此基礎上將其營建成宮城。從東晉到宋、齊、梁、陳，臺城一直是代表南朝中央政府的尚書台和皇宮的所在地，是政治中心。

侯景之亂中，四度出家的神人梁武帝蕭衍，被困餓死在臺城。隋軍滅陳時，也是在臺城的景陽宮井中，活捉陳後主和他的寵妃。所以臺城是一個很有故事的地方，歷代詩人來到金陵，都免不了到此參觀遊覽一番，寫點兒憑弔抒懷的文字。

韋莊來到臺城時，這裡已經滄海桑田、破敗不堪，他卻不直接描寫臺城的衰殘，轉而描繪周圍一片煙雨濛濛、柳浪聞鶯的典型江南美景。但一個空字，就寫盡臺城的蕭瑟之狀；無情，更是點睛之筆。草木本是無情，但柳樹在中國文學作品中一直是有情的意象代表，比如韓翃的「依依章臺柳」。現在韋莊瞻仰前朝遺跡，別有用心的指責，臺城歷經六朝的老柳樹無情，大概是只怕今日自己憑弔臺城，數百年後他人憑弔長安，心中滿是後人而復哀後人的不祥亡國預感。不幸的是，這個預感很準確，韋莊寫下此詩二十四年之後，親眼見證了唐朝的滅亡。

黃巢之亂被平定後，韋莊從江南回到長安再次參加科舉，在五十九歲時終於中了進士，擔任校書郎。如果按照現在男性六十歲退休的政策，韋進士只能再發揮一年的餘熱了。在這個例子上，我們就能理解趙嘏（按：音同古）那句「太宗皇帝真長策，賺得英雄盡白頭」。假設年輕時的韋莊，能夠穿越時間，預見自己何時才能考中進士的話，前面那將近四十年就完全可以放輕鬆。和他相比，我們今天的高考重考生所經受的心理煎熬，簡直就不算事兒。

趙倚樓

趙嘏，字承佑，和杜牧的年紀差不多。他娶了一位貌若天仙的美姬，對其非常寵愛，赴長安考進士時本想帶著同去，但老母親怕影響他考試，所以沒有同意，這與很多國家的足球隊主教練，不准球員在參加世界盃時，帶女朋友同行的道理相同。

愛姬在中元節趕熱鬧去鶴林寺燒香，正好被當地權勢熏天的浙帥看見，當場便強搶去。第二年春天趙嘏在長安進士及第，這個不幸的消息也從家鄉傳來。讀書人無兵無權無可奈何，只能寫一首絕句寄給浙帥：

寂寞堂前日又曛，陽臺去作不歸雲。
當時聞說沙吒利，今日青娥屬使君。

這裡引用在《精英必備的素養：全唐詩（初唐至中唐精選）》提到的，蕃將沙吒利強搶韓翃愛妻柳氏的故事。浙帥見了趙嘏的書信，不知他將來會在朝廷裡爬到多高的位置，心想沒必要為了一個女子與新科進士結仇，便派人將美姬送到長安還給他。

趙嘏在返回浙江省親的途中，經過橫水驛站時，只見對面來了一隊花轎人馬，吹吹打打排場很大，就好奇的問他們是什麼人，對方回答：「我們是奉浙帥之命，護送新科進士趙承佑大人的娘子入京團聚。」美姬聽到外面夫君的聲音，失聲相喚。趙嘏連忙揭開轎簾，兩人抱頭痛哭。女子越哭越是傷心，哭著哭著聲音越來越小，竟然就此溘然長逝。趙嘏沒想到這一見竟成永訣，只能悲痛欲絕的將愛姬安葬在橫水之濱。亂世佳人，多不免紅顏薄命，令人一掬同情之淚。趙嘏回到家鄉後登上江邊小樓，想起去年攜手同遊之人已經天人永隔，賦得一首《江樓感舊》：

獨上江樓思渺然，月光如水水如天。
同來望月人何處？風景依稀似去年。

趙嘏最著名的詩作是《長安秋望》：

雲物淒涼拂署流，漢家宮闕動高秋。
殘星幾點雁橫塞，長笛一聲人倚樓。
紫豔半開籬菊靜，紅衣落盡渚蓮愁。
鱸魚正美不歸去，空戴南冠學楚囚。

杜牧非常欣賞趙嘏這句「長笛一聲人倚樓」，所以稱他為趙倚樓。能得到杜牧的稱讚，可是件很不容易的事情。這裡的「鱸魚」是中國歷史上一個膾炙人口的典故。西晉時人張翰，字季鷹，性格曠達放縱不拘。他在長安為官時，有一年秋風初起，突然思念家鄉蘇州的蓴菜羹、鱸魚膾等時令美味，就對身邊人嘆息道：「人生貴在適志，何能羈宦數千里以邀名爵乎？」當即便辭官而歸。其實那話多半是說給別人聽的，真實原因是他見晉室禍亂方興，沒必要貪戀富貴，而冒險留在政治漩渦中心，不如全身遠禍。

對比在八王之亂中或死或囚的無數名士，張翰實為智者。後人就多用「蓴菜鱸魚之思」此典，來作為辭官歸鄉的理由。筆者初到江南時，在餐廳見到菜單上有一道「蓴菜羹」，就毫不猶豫的點了，嘗之果然鮮美，有文化的韻味在其中。

第三十六章

才出崑崙便不清，黃巢改變詩的命運

韋莊、羅隱與韓偓（按：音同握）被稱為唐末詩壇的「華嶽三峰」。韓偓，字致光，比韋莊小六歲，在三人中最為年輕。他寫的多是豔詞麗句的「香奩（按：音同連）詩」，其中一首《懶起》、一首《偶見（又名《秋千》）》，後來都被李清照點鐵成金。還有一首《寒食夜》比較別致：

惻惻輕寒翦翦風，小梅飄雪杏花紅。
夜深斜搭秋千索，樓閣朦朧煙雨中。

韓偓童年時有件趣事很值得一提。他十歲時和家人一起為姨夫送行，即席賦詩一首，詞句頗有老成之風，令得滿座驚嘆。小孩子的詩雖然不錯，其價值也沒高到能被記錄下來，讓千年之後的我們欣賞一番。但他姨夫為此而寫的贈答詩倒是流傳至今：

十歲裁詩走馬成，冷灰殘燭動離情。
桐花萬里丹山路，雛鳳清於老鳳聲。

這首詩名為《韓冬郎即席為詩相送因成二絕》，冬郎是韓偓的乳名，而這位姨夫就是李商隱。韓偓的母親和李商隱的妻子（「君問歸期未有期」的王氏夫人）乃是同胞姐妹。筆者第一次見到此詩，還是《紅樓夢》中，北靜王向賈政誇讚寶玉：「令郎真乃龍駒鳳雛。非小王在世翁前唐突，將來『**雛鳳清於老鳳聲**』，未可量也。」這句詩可用來非常雅致的讚揚孩子，**青出於藍而勝於藍**，貌似拔高孩子，實則暗誇父親，是效果極佳的恭維語，大家記著一定會有用的。

鄭鷓鴣

和李商隱一樣獨具慧眼、能夠從娃娃中認出潛在詩人的，還有詩評家司空圖。他著有中國文學批評史上的名篇《二十四詩品》，推崇的「詩家之景，如藍田日暖、良玉生煙」，被李商隱化入代表作《錦瑟》之中。

司空圖曾與永州刺史鄭史，同住在一個幹部大院裡，見鄭史七歲的兒子聰明穎悟，居然像駱賓王一樣能作詩了，很是喜歡，有一天就問這孩子：「你讀過我寫的詩嗎？」孩子乖巧的點頭：「讀過。」司空圖故意逗他：「那你認為寫得如何呢？」孩子老氣橫秋的表揚道：「您的《曲江晚望》裡有一句『村南斜日閒回首，一對鴛鴦落渡頭』，我覺得很有深意。」

司空圖一聽，驚訝得眼珠都差點彈出來，不禁愛惜的撫摸著孩子的脊背道：「你將來必在文壇上獨領一代風騷啊！」這個被司空圖寄予厚望的孩子，名叫鄭谷，他長大後果然沒有讓司空叔叔失望。

因為鄭谷的故事比較多，讓我們先看看司空圖的一位好友崔道融。他有一首生動的《溪居即事》：

籬外誰家不繫船，春風吹入釣魚灣。
小童疑是有村客，急向柴門去卻關。

崔道融更有名的作品，是借著《甄嬛傳》而被廣為人知的《梅花》：

數萼初含雪，孤標畫本難。
香中別有韻，清極不知寒。
橫笛和愁聽，斜枝倚病看。
逆風如解意，容易莫摧殘。

甄嬛在倚梅園用卓文君的那句「願得一心人，白頭不相離」許下心願，但一轉念，這在孤寂深宮之中純屬痴心妄想啊，不由得長嘆一聲，唯願「**逆風如解意，容易莫摧殘**」。這裡的逆風，在有的版本中作朔風，即北風。寒冷的北風如果能夠理解梅花出塵傲世的孤標心境，就請別再輕易摧殘她了。

結果這句詩被皇帝偶然聽見，覺得她與眾不同，大感興趣。「樹欲靜而風不止（與自己願望相違背）」，從此甄嬛就被捲入後宮爭鬥的激流漩渦之中。

接下來讓我們回到被司空圖寄予厚望的鄭谷。鄭谷，字守愚，是錢鏐的同齡人，成名作是《鷓鴣》：

暖戲煙蕪錦翼齊，品流應得近山雞。
雨昏青草湖邊過，花落黃陵廟裡啼。
遊子乍聞征袖溼，佳人才唱翠眉低。
相呼相應湘江闊，苦竹叢深日向西。

鷓鴣是產於中國南方的鳥類，人們將其「咿呀咯咯」的鳴叫聲，擬音為「行不得也哥哥」，用以表示行路的艱難，同時也表達對離別的傷感惆悵。

鄭谷是江西人，對於鷓鴣很熟悉。當時已經有《鷓鴣曲》流行，此曲反映離人思鄉。漂泊流離的遊子征夫一聽就潸然淚下，望穿秋水的閨中女子一唱則低眉神傷，可謂高樓怨婦相思曲、天涯遊子斷腸歌。「湘江闊」和「日向西」的幽冷景象，使鷓鴣之聲越發淒涼。詩雖盡而意無窮，沉甸甸的鄉愁直壓人心。

這首《鷓鴣》一面世就廣為傳唱，人們因此稱鄭谷為鄭鷓鴣。有一次他參加酒宴，主人還特意安排歌手演唱該詩，以此向他致意。鄭谷即席賦詩一首作為答謝：

花月樓臺近九衢，清歌一曲倒金壺。
座中亦有江南客，莫向春風唱鷓鴣。

意即請你不要再唱《鷓鴣》了，否則又要讓我們這些南方人想家啦。結果這首《席上貽歌者》也大受歡迎。《紅樓夢》裡林妹妹曾試探寶哥哥：「水止珠沉，奈何？」翻譯出來就是：「要是我死了，你怎麼辦？」寶玉堅定的回答：「禪心已作沾泥絮，莫向春風舞鷓鴣。」意思就是：「妳若死了，我就出家為僧，即使聽到鷓鴣叫，也不會想家。」前一句摘自北宋著名僧人道潛的《口占絕句》，後一句就用了鄭谷的這句詩。

鄭鷓鴣的名頭太響亮，可能並非好事，反而掩蓋鄭谷其他佳作的光芒。其實他有一首送別詩《淮上與友人別》寫得感人肺腑：

揚子江頭楊柳春，楊花愁殺渡江人。
數聲風笛離亭晚，君向瀟湘我向秦。

詩歌透過春色、楊花、風笛、離亭、日暮這一系列令人傷感的事物，對離別之情進行反覆渲染，使人對即將到來的漫長寂寞旅程更覺淒涼。離別是人世間痛苦無奈的事物之一，南朝江淹在其《別賦》中寫道：「黯然銷魂者，唯別而已矣！」此句淋漓盡致，說出所有經歷過離別的有情人的心底感受，所以後來江郎才盡了。

楊過一想到與小龍女的生離死別，了無生趣之下使出的「黯然銷魂掌」，大概能使戰鬥值翻番（按：廣東話，即翻倍），瞬間完勝功力本在伯仲之間的金輪法王。鄭谷此詩中的楊、向字均有重複，原應避免，但他似乎覺得這個重複不但不顯累贅，反而更出味道，所以堅決重複使用，真是藝高人膽大。

一字之師

大唐是一個「全民詩人」的朝代，文官大臣之中，盛產詩人並沒什麼稀奇，有意思的是：不但皇帝（如唐宣宗李忱）是詩人，女皇也是詩人；不但反賊（黃巢）是詩人，平叛的（如鄭畋）也是詩人；不但道姑（如李季蘭）是詩人，好幾位和尚也是詩人。賈島這樣的假和尚不作數，真正的詩僧除了前文提到的皎然和貫休，還有堪稱唐朝第一詩僧的齊己。而這位齊己，曾經拜鄭谷為師。

齊己的詩作《劍客》極有特色：

拔劍繞殘尊，歌終便出門。
西風滿天雪，何處報人恩？
勇死尋常事，輕仇不足論。
翻嫌易水上，細碎動離魂。

「尊」現在一般寫作樽，就是「金樽清酒斗十千」中，那個裝酒的容器。這位劍客的豪情借酒興而發，拔劍起舞慷慨高歌，一曲歌罷即出門揚長而去。「終」字後緊接「便」字，豪邁之情躍然紙上。門外「西風滿天雪」說明行路艱難，更反襯出劍客一往無前的英雄氣概。

當年燕太子丹和眾賓客在易水之濱，送別即將入秦行刺秦王的荊軻，高漸離擊筑，荊軻和而高歌：「風蕭蕭兮易水寒，壯士一去兮不復還！」歌聲高亢激越，座中賓客無不被感動、激勵得雙目流淚、怒髮衝冠。這是中國歷史上著名的悲壯離別場面，而劍客居然嫌荊軻的反覆悲歌過於細膩感傷。用眾人敬佩的荊軻來做反襯，可謂別出機杼，更顯出主人公的剛猛豪俠。

在這首詩裡，看得出肝膽照人、不畏死難、「士為知己者死」的豪氣干雲，卻看不出和尚該有的心如止水歸禪寂，比貫休的詩作更不像出自僧人之手。莫非這位齊己是像花和尚魯智深一般被迫出家，身在佛門心在江湖？

齊己久聞鄭谷的大名，便帶著自己的詩作登門拜謁，向前輩討教。鄭谷翻開詩卷，讀到齊己早年時的成名作《早梅》：

萬木凍欲折，孤根暖獨回。
前村深雪裡，昨夜數枝開。
風遞幽香出，禽窺素豔來。
明年如應律，先發望春臺。

鄭谷微笑道：「梅開『數枝』的話，就已經不早了。不如改用『一枝』，似乎更佳。不知大師以為如何？」齊己在整首詩中，本來正是對「昨夜數枝開」一句最為得意，現在仔細一推敲，不禁對鄭谷肅然起敬，當即恭恭敬敬的拜倒下去感謝他：「先生真是貧僧的一字之師也！」鄭谷這個「一字師」的盛名，便在士大夫之中不脛而走。後來「一字之師」成為成語，一直沿用至今。

科舉黑幕

雖然鄭谷的水準這麼高，他的科舉之路卻很不順利。他年方弱冠就開始考進士，拚了十六年還是一無所獲。唐代幾乎每年都開進士科，每次錄取二十、三十人，這十六年來，至少有三百人登科。以鄭谷的卓絕才華，再加上父親是中層官員這並不寒酸的家世，三百人及第都輪不到他，可見錄取之不公，取士已經完全被高層權貴所把持。

直到黃巢攻入長安，許多世家大族遭受滅頂之災，原有的格局被打亂，**三十六歲的鄭谷才考中進士，而此時距離唐朝的最終覆亡，只剩下二十年**。盛唐詩人們包括李白、杜甫、王維、王昌齡、高適等人的命運，都是被安史之亂改變，而晚唐詩人們的命運，則是被黃巢之亂改變。

現在已經接近唐朝的尾聲，根據前文這麼多詩人參加科舉的悲喜劇故事，可以小結一下唐代的進士錄取規律了，就是不僅要看考試成績，更需要有知名人士的推薦。因此考生紛紛奔走於公卿名流門下，向他們投上自己的代表作以求得推薦，這個稱為「行卷」。行卷確實能使有才華的人提前嶄露頭角，以免萬一在考場馬失前蹄被主考官疏忽遺漏。

例如王維向玉真公主投的行卷、白居易向顧況投的行卷，都起到良好的效果。但這種風氣，也為提前找槍手弄虛作假、欺世盜名大開方便之門。而且從吳武陵推薦杜牧的故事中看得出，進士大都是事先內定，裡面自然會有很大的權力尋租（按：指壟斷社會資源或地位）空間。除非主考官的個人修養非常高，而且將自己的名節，看得比眼前利益更重要，否則考場腐敗難以避免。即使少數的人難以用利益打動，其實還有很多公關的方法，比如好友的情面、上司的壓力，或是美色的誘惑等。

有的人自以為修養很好，富貴不能淫威武不能屈，那是因為從沒有經歷過權力的考驗。一九四〇年代，去延安採訪的美國記者回到南京後，對宋美齡盛讚所看到的那些普通幹部的正直、理想主義和犧牲精神。宋美齡聽了，在窗邊長時間沉默遠眺，最後緩緩說出一句感傷的話：「如果你們告訴我的這些事情都是真的，那麼我只能說，那是因為他們還沒有嘗到權力的真正味道。」可悲的是，宋美齡的預言在十年之後就開始應驗了。

進士的錄取與否，能決定很多人一生的命運。關係如此重大，如果其監督僅僅建立在考官的自我修養、自我改造世界觀上，肯定是沒有前途的。所以自從隋唐開科取士之後，投卷之風，使得徇私舞弊的現象愈演愈烈，公平指數一路下挫；到了唐末，進士考試的公信力已經蕩然無存。此外，這種請託和錄取之間的人情往來，已經發展到了朋黨勾結的嚴重地步，晚唐為害四十餘年的牛李黨爭，就和科舉考試的不公正有諸多關聯。

有鑑於此，宋代開始對科舉制度，採取相應的改進措施。先是採取「糊名制」，即把考卷上的考生姓名和籍貫密封起來。但是糊名之後，熟人之間還是可以認得筆跡，不熟悉的人，也可以約定在考卷的特定地方，用特定字詞來作記號。所以後來又規定，另派人將考生的答卷改變格式抄錄一遍，這下考官不僅不知道考生的姓名，連字跡、暗號都無從辨認了。

制度的改進，對於防止主考官徇情取捨，的確產生很大的效力。這是從制度設計層面，堵死權力尋租的漏洞，而不是去相信人的自覺性，在利益誘惑或壓力威逼面前，可以永放光芒，去要求考官不要放鬆世界觀和人生觀的學習改造。這個一千年前宋朝統治者就明白的常識，當代很多權力在手的人還在裝糊塗，很多毫無權力的人則是真糊塗。

雖然晚唐朝廷，一直宣稱當時的科舉黑幕，只是源於少數官員的墮落，但明眼人都看得出，這是制度的腐敗。許多詩人對此發出強烈的質疑，其中胡曾、羅隱、高蟾等人都有相關詩作流傳下來。胡曾在其《下第》詩中譏刺道「上林新桂年年發，不許平人折一枝」，這是抱怨**平民通過進士考試成為「新貴」的上升通道，已經被頂層權貴完全堵死了**。羅隱的《黃河》一詩中，則有「解通銀漢應須曲，才出崑崙便不清」之句。古詩詞中的銀漢，常指代朝廷或君主，表面指通天的黃河蜿蜒曲折，實際上則是嘲諷科舉考試中，各種見不得人的不正當手段。

古人認為黃河從崑崙山發源，「才出崑崙便不清」意即從源頭上就是混濁的，矛頭竟敢直指最高統治者，羅隱剛直的性格令人肅然起敬，同時也讓當政的權貴子弟十分忌恨。兩首詩均以諷刺為主，是指向糜爛時事的匕首和投槍，但在藝術性上並非絕佳，這方面最傑出的詩作來自高蟾。

不怨東風

高蟾是鄭谷很敬重的好友，出身於貧寒之家，不但天資聰穎，而且氣節高尚。曾有人想用千金來資助他，被他斷然拒絕，說即便餓死，也不能接受不明不白的禮物，時人都很欽佩他的光明磊落。雖然高蟾相信命運不靠別人施捨，而是掌握在自己手中，但他參加進士考試也是一再受挫，年年都名落孫山。在連續十年落第後，高蟾寫了一首詩向侍郎高駢投行卷，而這首詩終於改變他的人生。

說起高駢，他是一位成功收復交趾、多次重創黃巢的名將，也是一位憂國憂民的詩人。在他的詩作《對雪》中，可以看出其當年的胸懷：

六出飛花入戶時，坐看清竹變瓊枝。
如今好上高樓望，蓋盡人間惡路歧。

可惜高駢到了晚年，開始不思進取，優遊度日。在黃巢之亂烽火燎原、唐朝已經大廈將傾的危急時刻，他還寫得出《山亭夏日》這樣的悠閒之作：

綠樹陰濃夏日長，樓臺倒影入池塘。
水晶簾動微風起，滿架薔薇一院香。

單就詩歌的文學性來說，此詩臻於一流。可惜從黃巢進攻長安、攻陷長安到此後朝廷收復長安的數年間，高駢作為封疆大吏**坐鎮淮南**，**居然不敢出一兵一卒救援**，是導致唐朝元氣大傷最終覆亡的罪人，畢生的詩名、功名皆毀之一旦。但在高蟾向他投行卷時，高駢的人生還是積極向上的。高蟾遞上的這首詩是《下第後上永崇高侍郎》：

天上碧桃和露種，日邊紅杏倚雲栽。
芙蓉生在秋江上，不向東風怨未開。

「天」和「日」都是象徵皇帝，「露」是皇恩雨露浩蕩，「雲」是青雲直上高天，「碧桃」和「紅杏」，比喻原本就接近皇權的權貴後代們。高蟾則自比江邊秋季綻放的芙蓉，無需向東風（指春風）抱怨，因為屬於自己的季節還沒到。詩裡有和胡曾、羅隱一樣對權貴的諷刺，卻不只這麼單薄，還有不屑與之比肩的孤高，更有請人拭目以待的自信，含意豐富層出不窮。

即使是諷刺，用以比喻的事物也優雅節制，很有孔夫子評價《詩經．國風．關雎》「樂而不淫，哀而不傷」的味道，使得整首詩的格調出類拔萃。

高駢越品味此詩，越是驚嘆於自己這位本家的才華，從心裡感到實在不應埋沒了他，於是向王公大臣們極力舉薦。公卿們讀了此詩，也認為高蟾似乎守素安常，不像羅隱那樣恃才傲物，而令他們感覺到威脅和不快。於是，第二年高蟾終於進士及第，「十年寒窗無人問，一舉成名天下知」。

還是在《紅樓夢》的〈壽怡紅群芳開夜宴，死金丹獨豔理親喪〉那一回中，三姑娘探春掣的簽上乃是一枝杏花，題著「瑤池仙品」四字，附的便是那句「日邊紅杏倚雲栽」，小字注云「得此簽者，必得貴婿，大家恭賀一杯，再同飲一杯」。我們從詩意可以看出，曹雪芹暗示，探春將來的結局是與高貴的外藩王室聯姻。

宋代歐陽修在《明妃曲》裡為王昭君嘆息「紅顏勝人多薄命，莫怨東風當自嗟」，明顯是從高蟾的「不向東風怨未開」之句化來。就在寶釵掣了牡丹簽、探春掣了杏花簽之後，一向不甘落於人後的黛玉，一邊默默想著「不知還有什麼好的被我掣著方好」、一邊伸手掣了一支簽，正是高蟾的形象代表芙蓉花，上題「風露清愁」四字，附詩就是歐陽修這句「莫怨東風當自嗟」，小字注云「自飲一杯，牡丹陪飲一杯」。連百花之王牡丹也要陪飲，看來在曹雪芹的心目中，芙蓉的地位與牡丹至少也是不相上下的。姐妹們都笑說「這個好極！除了她，別人也不配做芙蓉」，黛玉性格孤高，見掣得芙蓉，甚合心意微笑不語。

金陵圖

高蟾還有一首藝術成就也非常高的詩作《金陵晚望》：

曾伴浮雲歸晚翠，猶陪落日泛秋聲。
世間無限丹青手，一片傷心畫不成。

吳、東晉、宋、齊、梁、陳一連六個南方政權定都金陵，所以金陵被稱為六朝古都。但這六個小朝廷，大部分的君主都昏庸無能，所以均歷時不久，就被長江後浪推前浪了。在金陵懷古，多是憑弔這幾個既衰弱又短命的朝代。尤其是在落日、晚翠的時間點上，再看大唐也是日薄西山，好不教人黯然神傷。浮雲、落日是有形之物，還能被畫出來；而「一片傷心」的抽象感情，縱有丹青妙手也難以描繪，「畫不成」三字，將傷心之深沉抒發得淋漓盡致。

當時有位畫家讀了高蟾此詩，對其中情懷深表讚賞的同時，卻對「畫不成」很不服氣，覺得詩人跨界挑戰畫家的專業能力，於是精心描畫六幅南朝史事彩繪《金陵圖》。才子韋莊仔細觀摩之後，為之寫下《金陵圖》一詩：

誰謂傷心畫不成？畫人心逐世人情。
君看六幅南朝事，老木寒雲滿故城。

誰說「傷心」是畫不成的呢？不過因為一般的畫家都迎合世人心理，不願意畫真實卻淒涼的事物，而只去畫那些粉飾太平的東西罷了。若看了這六幅《金陵圖》，古木枯萎寒雲籠罩，一派凋敝映出六朝之衰敗，怎不令人傷心？高蟾感嘆「一片傷心畫不成」，韋莊說「誰謂傷心畫不成」，**形式上看似反駁，實質上遙相呼應**，要表達的傷心之情，一脈相承、異曲同工。這兩位都是站在唐朝末尾的敏感詩人們的代表，眼看國家腐朽危機四伏，無可挽回的走向崩潰，滿懷憂慮卻無計可施，只能借懷古而哀嘆。

千年之後的今天，我們回首大唐，那個中國歷史上武功強盛、文化繁榮、心態自信的偉大朝代，不能不使人悠然神往、午夜夢回。將近三百年間，在這樣優越的環境中，養育出的天才詩人們如同耿耿星河，讓我們在仰望中目眩神迷。然而正如《三國演義》開篇的第一句話所說，天下大勢是合久必分，分久必合。歷史的規律不因人的傷感而改變，王朝敗亡的舊事最終在唐朝照樣重演。

朱溫篡唐之後，中國進入五代十國的分裂亂世，後梁、後唐、後晉、後漢、後周如走馬燈般你方唱罷我登場，朝代的更迭令人目不暇接。要等到趙匡胤建立宋朝，中國才會進入新的偉大時代，而下一輪璀璨群星又將相繼橫空出世。宋詞與唐詩是中國詩歌史上並峙的巍峨雙峰。而宋詩的光芒雖然被詞所超越，依然以陸游為代表而光彩熠熠。宋朝以其無與倫比的開明、寬容和優雅，與大唐相比別具一格，締造出中國古代文化史上最後的輝煌。

唐朝歷代皇帝年表

姓名	廟號	在世（西元）	介紹
李淵	高祖	五六六年至六三五年	唐朝開國皇帝。玄武門之變後，被迫將皇位傳給次子李世民。六一八年至六二六年在位，共八年。病逝，享年六十九歲。
李世民	太宗	五九九年至六四九年	開創著名的貞觀之治。六二六年至六四九年在位，共二十三年。病逝，享年五十歲。
李治	高宗	六二八年至六八三年	太宗第九子，立先王才人武媚娘為后。六四九年至六八三年在位，共三十四年。病逝，享年五十五歲。
武曌	（武周）聖神皇帝	六二四年至七〇五年	太宗才人、高宗皇后。中國歷史上唯一一位女皇帝，六九〇年至七〇五年在位，共十五年。病逝前發遺詔去帝號，稱「則天大聖皇后」，享年八十一歲。

姓名	廟號	在世（西元）	介紹
李顯	中宗	六五六年至七一〇年	武則天第三子。六八四年當年、七〇五年至七一〇年，兩度在位，中間為武則天所廢。被皇后韋氏和女兒安樂公主毒殺，享年五十四歲。
李重茂	殤帝	六九四年至？	中宗幼子。中宗被毒殺後，韋后扶時年十六歲的李重茂即位。一個月後韋后被殺，太平公主和李隆基聯合廢掉李重茂，並將其趕出長安，後事不詳。
李旦	睿宗	六六二年至七一六年	武則天第四子。六八四年至六九〇年、七一〇年至七一二年，兩度在位，中間讓位於母后武則天；後讓位於子李隆基，稱太上皇。病逝，享年五十四歲。
李隆基	玄宗	六八五年至七六二年	睿宗第三子，亦稱「唐明皇」。立兒媳楊玉環為貴妃。七一二年至七五六在位，共四十四年。在位前半段締造開元盛世，後半段縱容出安史之亂，唐朝由盛轉衰。病逝，享年七十七歲。

姓名	廟號	在世（西元）	介紹
李亨	肅宗	七一一年至七六二年	玄宗第三子。安史之亂中自立為帝，尊玄宗為太上皇。七五六年至七六二年在位，共六年。病逝，享年五十一歲。
李豫	代宗	七二六年至七七九年	肅宗長子。七六二年至七七九年在位，共十七年，「大曆十才子」湧現於此朝。病逝，享年五十三歲。
李適	德宗	七四二年至八〇五年	代宗長子。七七九年至八〇五年在位，共二十六年。在位前期頗有一番中興氣象；後期任用宦官、加重民負，導致民怨日深。病逝，享年六十三歲。
李誦	順宗	七六一年至八〇六年	德宗長子，是唐朝位居儲君時間最長的太子。八〇五年至八〇六年在位，時間不足兩百天，後讓位於子。在位期間採取一系列改革措施，史稱「永貞革新」，但終告失敗。病逝，享年四十五歲。

姓名	廟號	在世（西元）	介紹
李純	憲宗	七七八年至八二〇年	順宗長子。八〇五年至八二〇年在位，共十五年。在位前期勵精圖治，重用賢良，改革弊政，史稱「元和中興」；後期日漸驕奢，追求長生不老，不善其終。牛李黨爭從憲宗朝開始。最後被宦官所殺，時年四十二歲。
李恒	穆宗	七九五年至八二四年	憲宗第三子。八二〇年至八二四年在位。在位期間耽於宴遊，親佞遠賢，不理朝政。此時朝中牛李黨爭日熾，朝外藩鎮日甚。服丹藥致死，時年二十九歲。
李湛	敬宗	八〇九年至八二六年	穆宗長子。八二四年至八二六年在位，即位後奢侈荒淫，痴迷馬球、打夜狐。被宦官所殺，時年十七歲。
李昂	文宗	八〇九年至八四〇年	穆宗第二子。八二六年至八四〇年在位，共十四年。執政期間政治黑暗，官員與宦官爭鬥不斷，是唐朝徹底走向沒落的轉型時期。文宗本人也形同傀儡，「甘露之變」後被宦官軟禁，抑鬱而死，時年三十一歲。

姓名	廟號	在世（西元）	介紹
李炎	武宗	八一四年至八四六年	穆宗第五子。八四〇年至八四六年在位。在位時任用李德裕為相，對唐朝後期的弊政做了一些改革，對內打擊藩鎮和佛教，對外擊敗回鶻，加強中央集權，唐朝一度出現中興局面，史稱「會昌中興」。但武宗本人崇信道教，服丹藥而死，時年三十二歲。
李忱	宣宗	八一〇年至八五九年	憲宗第十三子。八四六年至八五九年在位，共十三年。統治期間勤於政事，孜孜求治，對內結束牛李黨爭，對外擊敗吐蕃，被後人稱為「小太宗」。長期服食丹藥，致使病入膏肓，享年四十九歲。大中十三年（八五九年），爆發唐末農民大起義。
李漼	懿宗	八三三年至八七三年	宣宗長子。八五九年至八七三年在位，共十四年。被宦官迎立為帝，在位期間窮奢極欲、豪寵優伶、遊宴無節、好大喜功、崇信佛教。迎佛骨的當年即病逝，享年四十歲。唐朝此時已風雨飄搖，大廈將傾。

姓名	廟號	在世（西元）	介紹
李儇	僖宗	八六二年至八八八年	懿宗第五子。八七三年至八八八年在位，共十五年。感情上依賴宦官，認其為父。被宦官偽造遺詔迎立為帝，即位後專事遊戲，軍政大事均交於太監之手，黃巢之亂爆發於此朝。病逝，時年二十六歲。
李曄	昭宗	八六七年至九〇四年	懿宗第七子。八八八年至九〇四年在位，共十六年。在位期間一直是藩鎮的傀儡。被朱溫所弒，時年三十七歲。
李柷	哀帝	八九二年至九〇八年	昭宗第九子。九〇四年至九〇七年在位，後被朱溫所廢，唐朝正式宣告滅亡。次年被毒死，時年十六歲。

唐代重要詩人年表

姓名	在世（西元）	介紹
盧照鄰	六三六年至六八〇年	字升之，自號幽憂子，初唐四傑之一。
駱賓王	六三八年至六八四年	字觀光，初唐四傑之一。
王勃	六五〇年至六七六年	字子安，初唐四傑之一。
楊炯	六五〇年至六九三年	初唐四傑之一。
宋之問	六五六年至七一二年	字延清，與沈佺期並稱「沈宋」。
賀知章	六五九年至七四四年	字季真，自號四明狂客，與陳子昂、盧藏用、宋之問、王適、畢構、李白、孟浩然、王維、司馬承禎並稱為「仙宗十友」。
陳子昂	六六七年至七〇二年	字伯玉，世稱「詩骨」。因曾任右拾遺，亦稱「陳拾遺」。
張說	六六七年至七三〇年	字道濟。封燕國公，與許國公蘇頲並稱「燕許大手筆」。
張九齡	六七八年至七四〇年	字子壽，諡文獻。唐朝韶州曲江（今廣東省韶關市）人，世稱「張曲江」或「文獻公」，被譽為「嶺南第一人」。
王之渙	六八八年至七四二年	字季凌。盛唐邊塞詩人，常與高適、王昌齡相唱和。

姓名	在世（西元）	介紹
孟浩然	六八九年至七四〇年	名浩，字浩然，號孟山人。襄陽人，世稱「孟襄陽」。山水田園派詩人，與王維並稱「王孟」，與李白交好。
王昌齡	六九八年至七五七年	字少伯。被後人譽為「七絕聖手」、「詩家夫子」，與李白、王維、王之渙、高適、岑參等人交往深厚。
王維	七〇一年至七六一年	字摩詰，號摩詰居士。有「詩佛」之稱。曾任尚書右丞，世稱「王右丞」。山水田園派詩人，同時精於音樂與繪畫。與李白同歲，而無交集。
李白	七〇一年至七六二年	字太白，號青蓮居士，被尊為「詩仙」、「謫仙人」，與杜甫並稱「（大）李杜」。
高適	七〇四年至七六五年	字達夫。曾任散騎常侍，世稱「高常侍」。邊塞詩人，與岑參並稱「高岑」。
杜甫	七一二年至七七〇年	字子美，自號少陵野老，後世稱杜工部、杜拾遺、杜少陵、杜草堂等。被尊為「詩聖」，其詩被稱為「詩史」。
李季蘭	七一三年至七八四年	名李治，字季蘭。美豔多才的道姑，與薛濤、劉采春、魚玄機並稱唐朝四大女詩人。常與劉長卿、皎然和尚等才子名流唱酬。

姓名	在世（西元）	介紹
皎然	生卒年不詳	俗姓謝，字清晝，謝靈運十世孫。著名詩僧、佛門茶事集大成者、茶文學開創者。與茶聖陸羽、書法家顏真卿、詩人韋應物等名士交好。
岑參	七一五年至七七〇年	曾任嘉州（今四川樂山）刺史，世稱「岑嘉州」。與王之渙、王昌齡、高適並稱「邊塞四詩人」。
錢起	七二二年至七八〇年	字仲。曾任考功郎中，世稱「錢考功」。被譽為大曆十才子之冠。
劉長卿	七二六年至七八六年	字文房，自稱五言長城。曾任隨州刺史，世稱「劉隨州」。
顧況	七二七年至八二〇年	字逋翁，號華陽真逸，晚年自號悲翁。曾對白居易戲言「米價方貴，居亦弗易」。
張志和	七三二年至七七四年	字子同，號玄真子。他的《漁父詞》與張繼的《楓橋夜泊》同列入日本的教科書。
韋應物	七三七年至七九二年	曾任蘇州刺史，世稱「韋蘇州」。詩風淡泊清新，以善於描寫景物及隱逸生活著稱。
盧綸	七三九年至七九九年	允言，大曆十才子之一。

姓名	在世（西元）	介紹
戎昱	七四四年至八〇〇年	杜甫的忘年之交，中唐前期比較注重反映現實的詩人之一。
孟郊	七五一年至八一四年	字東野。有「詩囚」之稱，與賈島齊名「郊寒島瘦」。與韓愈相善。
張籍	七六六年至八三〇年	字文昌。曾任水部員外郎，世稱「張水部」。其樂府詩與王建齊名，並稱「張王樂府」。韓愈對其來說亦師亦友。
韓愈	七六八年至八二四年	字退之，自稱郡望昌黎，世稱「韓昌黎」。與柳宗元並稱「韓柳」。後人尊其為「百代文宗」，為唐宋八大家之首。曾提攜孟郊、張籍、賈島等人。
薛濤	七六八年至八三二年	字洪度。唐朝四大女詩人之一，與卓文君、花蕊夫人、黃娥並稱蜀中四大才女。曾與元稹相戀。
白居易	七七二年至八四六年	字樂天，號香山居士。有「詩魔」、「詩王」之稱。前半生與元稹知交，共同宣導新樂府運動，並稱「元白」。後半生與劉禹錫知交，並稱「劉白」。
劉禹錫	七七二年至八四二年	字夢得，有「詩豪」之稱。與柳宗元並稱「劉柳」，與韋應物、白居易合稱「三傑」。
李紳	七七二年至八四六年	字公垂。與元稹、白居易交遊甚密。

姓名	在世（西元）	介紹
柳宗元	七七三年至八一九年	字子厚。河東（今山西運城永濟一帶）人，世稱「柳河東」、「河東先生」。為唐宋八大家之一。
賈島	七七九年至八四三年	字閬仙。有「詩奴」之稱，與孟郊齊名「郊寒島瘦」。受韓愈提攜。
元稹	七七九年至八三一年	微之。與白居易同科及第，共同宣導新樂府運動，終生好友，世稱「元白」。
劉采春	生卒年不詳	唐朝四大女詩人之一。極具影響力的伶人，深受元稹的賞識。
張祜	七八五年至八四九年	字承吉。杜牧的好友。
李賀	七九一年至八一七年	字長吉。家居福昌昌谷（今河南洛陽宜陽縣），世稱「李昌谷」。有「詩鬼」之稱，與李白、李商隱合稱為「唐代三李」。
杜牧	八〇三年至八五二年	字牧之，號樊川居士，世稱「杜樊川」。與李商隱合稱「小李杜」。
溫庭筠	八一二年至八六六年	字飛卿。文思敏捷，八叉手而成八韻，故有「溫八叉」之稱。作詩與李商隱齊名「溫李」，作詞與韋莊齊名「溫韋」。被尊為「花間派」鼻祖。
李商隱	八一三年至八五八年	字義山，號玉溪生，又號樊南生。與杜牧合稱「小李杜」，與溫庭筠合稱「溫李」。

姓名	在世（西元）	介紹
黃巢	八二〇年至八八四年	唐末農民暴動領袖。
貫休	八三二年至九一二年	俗姓姜，字德隱。唐末五代十國時期詩僧，在中國繪畫史上亦有很高聲譽。
羅隱	八三三年至九〇九年	字昭諫。史載他「十上不第」，晚年歸依吳越王錢鏐。
韋莊	八三六年至九一〇年	字端己，韋應物四世孫。「花間派」代表，與溫庭筠並稱「溫韋」。
皮日休	八三八年至八八三年	字襲美，自號鹿門子，又號間氣布衣、醉吟先生。與陸龜蒙齊名「皮陸」。
魚玄機	八四四年至八七一年	本名魚幼薇，字蕙蘭，道號玄機。唐朝四大女詩人之一，是溫庭筠的學生和忘年交。
韓偓	八四二年至九二三年	字致光，號致堯，晚年又號玉山樵人。李商隱是其姨夫。
鄭谷	八五一年至九一〇年	字守愚。曾任都官郎中，人稱「鄭都官」。以《鷓鴣詩》聲名鵲起，人稱「鄭鷓鴣」。是侍僧齊己的「一字之師」。
齊己	八六三年至九三七年	俗名胡德生，晚年自號衡岳沙門。唐末五代十國時期詩僧。

※本年表採用大致紀年，可能與不同資料有細微差別

WD003

精英必備的素養：全唐詩（中唐到晚唐精選）

尋尋覓覓的人生啟發、不能直話直說的心事，他們用千古名句表述己志。

作　　者／鞠　菟
責任編輯／陳竑悳
校對編輯／馬祥芬
美術編輯／張皓婷
副總編輯／顏惠君
總 編 輯／吳依瑋
發 行 人／徐仲秋
會　　計／許鳳雪、陳嬅娟
版權經理／郝麗珍
行銷企劃／徐千晴、周以婷
業務助理／王德渝
業務專員／馬絮盈、留婉茹
業務經理／林裕安
總 經 理／陳絜吾

國家圖書館出版品預行編目（CIP）資料

精英必備的素養：全唐詩（中唐到晚唐精選）：尋尋覓覓的人生啟發、不能直話直說的心事，他們用千古名句表述己志。/ 鞠菟著 . -- 初版 . -- 臺北市：任性，2018.09
320 面；17×23 公分
ISBN 978-986-96500-4-5(平裝)

1. 全唐詩 2. 研究考訂 3. 中國 4. 人文史地 5. 文字小說

831.4　　107012964

出 版 者／任性出版有限公司
營運統籌／大是文化有限公司
臺北市衡陽路 7 號 8 樓
編輯部電話：（02）23757911
購書相關資訊請洽：（02）23757911 分機 122
24 小時讀者服務傳真：（02）23756999
讀者服務 E-mail: haom@ms28.hinet.net
郵政劃撥帳號 19983366　戶名／大是文化有限公司

法律顧問／永然聯合法律事務所
香港發行／豐達出版發行有限公司
Rich Publishing & Distribution Ltd
地址：香港柴灣永泰道 70 號柴灣工業城第 2 期 1805 室
Unit 1805, Ph.2, Chai Wan Ind City, 70 Wing Tai Rd, Chai Wan, Hong Kong
Tel：21726513　Fax：21724355　E-mail：cary@subseasy.com.hk

封面設計／孫永芳
內頁排版／邱介惠
印　　刷／緯峰印刷股份有限公司
出版日期／ 2018 年 9 月初版
定　　價／新臺幣 360 元
ISBN　978-986-96500-4-5